JN151690

汗かきユウレイの権左衛門さん

もくじ

汗かきユウレイの権左衛門さん

多分、一五〇七年だったと思う。あんまり昔で記憶も定かじゃないけれど…。室町幕府の十代将軍だった足利義稙が、十一代将軍の義澄を追い出して将軍に返り咲いたという噂が京都に住む人々の間で流れていました。

そんな京都から少し離れた田舎のあまり大きくもない村の真ん中辺りに、権左衛門さんとおさよさんという、とても仲の良い夫婦が田んぼや畑を作って暮らしていました。

夫婦には三人の子供がいます。娘のさきは他所の村へ嫁に行き、次男の助左は百姓仕事を嫌って「武士になる」と言い残し家を出て行ってしまいました。ただ、長男の壮衛門夫婦と四人の孫たちが、今でも田んぼの向こう側に住んでいるのは、年老いてきた権左衛門さん夫婦にとって心強い事でした。

ある日、娘のさきから、お舅さんが野武士に襲われて怪我をしたと連絡が来ました。

直ぐに飛んで行ってやりたいのはやまやまですが、運の悪い事に権左衛門さんは数日前から体の具合が良くありませんでした。風邪をこじらせてしまっていたのです。だからといって、おさよさんに一人旅はさせられません。壮衛門に付いて行ってもらう事も考えましたが、今は農繁期で猫の手でも借りたい状態なのです。やはり、権左衛門さんが一人で行くのが一番手っ取り早いのかもしれません。

心配したおさよさんは、風邪が治ってから行った方がいい…と止めました。権左衛門さんも迷いました。でも、娘が権左衛門さんに来てほしくて連絡を寄こしたのです。ここはやはり、すぐに行ってやらなければと思い直し急ぎ旅支度をしました。

出掛けにおさよさんが、体に良いからと乾燥させておいたウコギの根の皮と、海辺へ行ってきた人から分けてもらい、とっておきの風邪薬としてしまっておいたハマボウフウの根を煎じてお茶にして持たせてくれました。

途中に民家が二軒隣り合わせに在り、これまで四度の往復で八回ここの民家に泊めてもらった事があります。最初は嫁入りの時。さきと母親のおさよさんだけが馬車に乗って、その日の内に嫁ぎ先の家に行き、権左衛門さんたち家族と世話役の村長は徒歩で、途中その民家に泊めてもらったのです。

二度目と三度目は、孫が生まれた時でした。

長男が生まれた時は、舅（しゅうと）たちも後継ぎが出来たと喜び、さきのことも大事にしてくれていました。けれど、次男の時は田畑仕事の忙しい時で、産後のさきもゆっくり横になっていられる雰囲気ではなく青白い顔色をしていました。

権左衛門さんたちも当然忙しく、連絡をもらっても行くのが三日ほど遅れてしまったところ、舅に「次男じゃ急いで来ようなんて力も入りませんやねえ」と嫌味を言われてしまいました。傍に居たさきの夫の耕作さんは手拭いで、さして汚れてもいない手を拭き続けているだけで一言も言いませんでした。

権左衛門さんとおさよさんは、さきの体が心配で、こっそり相談した結果、おさよさんが残る事にしました。

「おかげさんで、ウチの方はどうにかなりそうだけど、こちらさんは田畑がデカイから大変だ。おさよを手伝いに残していきますから、よろしくお願いします」

「そりゃありがたい。さきが使いモンにならんから助かる」

権左衛門さんの言葉に少しは遠慮するかと思った姑（しゅうとめ）からは、情の無い答が返って来ました。

でも、その二十日後、おさよさんを迎えに行った時に見たさきは、血色も良くなり元気を回復していました。

見送りに出て来たさきに、おさよさんが小さな声で言いました。

「さき、辛抱するんだよ。体だけは大事にせんと駄目だよ。困った時は連絡を寄こしな。そんな時の為におとっつぁんとおっかさんが居るんだからね。いつでもお前の幸せを願っているからね」

さきは「うん」、「うん」と笑顔で頷いていましたが、眼には涙が溢れています。

権左衛門さんとおさよさんは何度も振り返り、さきはいつまでも胸の前で小さく手を振り続けていました。

そんなさきの姿が見えなくなると、おさよさんが震える声で話し始めました。

「村長(むらおさ)も田畑の広さより、もっと親の人柄を見て世話してくれたら良かったのに…。耕作さんなんて、すっかり頭を押さえ付けられていて一日中ほとんど声も出せないんだから…。昨日の夕方、畑仕事を終えて家に戻る時、耕作さんが私の横に来てね、上空の輪を描いて飛ぶトンビを指差しながら『申し訳ないです。ありがとさんでした』って呟くように言ったの。あれなら後ろの方から歩いて来る両親はトンビのことを話していると思ったんじゃないかな。親の手前、精一杯考えたんだろうね。初めてあの子の声を聞いた気がした。二十日も居て初めてだよ。頼りの夫があれじゃ、さきが可哀想すぎる…」

想像はしていましたけれど、改めて聞くと権左衛門さんの気持ちも重く沈みました。でも、隣で涙を拭いているおさよさんの為に何か言ってやらなければ…。

「大丈夫だ。あの親達だって年々歳を取るんだ。いつか逆にさきと耕作さんを頼る日も来るさ。さきは子供の頃から丈夫な子だったし…大丈夫だ」

「そうだね、そうだよね…」

そう言いながらおさよさんは両手で顔を覆い、権左衛門さんは震えるその肩をしっかりと抱きしめてやりました。

あれからもう七年の歳月が流れたのです。権左衛門さんはお礼に渡す米を持って、いつもの民家を目指しました。しかし、行けども行けども民家は在りません。迷うはずのない一本道なのに…。

彼は立ち止まり、額の汗を拭うと、竹筒の水を飲み、辺りを見回しました。西の方角に太陽が沈みかけ、その地平線に夕焼け雲が浮かんで見えます。これから夕日が沈んで少しすると、今度は高い空にある雲がいきなり真っ赤に染まって、暮れようとしている空に鮮やかな花畑が現れた様になるのです。権左衛門さんは晴れた日のこれ等一連の光景を見るのが大好きです。

でも、今はそんな呑気な事を言っている状況ではありません。足を速めました。しかし、やはり民家は在りません。この数年の間になくなってしまったようです。辺りはもう真っ暗で、月の明かりだけで歩き続けるのは危険です。途方に暮れた権左衛門さんには野宿をすることしか思い浮かびませんでした。こんなことになるのなら上に羽織る物を持って来るべきでした。腰に下げてきた小さな鉈（なた）で周りの草を刈り集め、その中に潜り込むと目を瞑りました。翌朝はまだ薄暗い内に目が覚め、立ち上がろうとしましたが、体のあちらこちらがギシギシと軋んでいました。

やっとの思いで着いた舅さんの家には何人もの親類や知人が心配して集まっていました。泊まり込んでいる者も居て、さきは病人と見舞い客、両方の世話で走り回っています。お舅さんは何とか危険な状態を脱し快方に向かっていました。権左衛門さんが、遠くからわざわざ見舞いに駆け付けてくれたと、舅と姑は喜んで是非泊って疲れを取って行くようにと勧めてくれましたけれど、そんな事をしたらさきの仕事が増えるだけです。だからと言って男親が家事を手伝って、後々さきが嫌味を言われることになっては可哀想です。

昨夜は野宿だったので一晩だけでも泊まりたいところでしたが、権左衛門さんは帰る事にしました。

挨拶をして外に出ると、それまで一言の言葉を交わす暇さえなかったさきが、孫たちを連れ走り出て来ました。舅たちの手前、権左衛門さんが来てくれたことでさぞホッとしたのでしょう。小さな声で「おとっつぁん、ありがとう。本当にありがとう。見て、二人とも大きくなったでしょう」と言い、息子たちの肩に手を掛け笑顔を見せました。

「うん、丈夫そうで何よりだ。おさよも会ったら喜ぶのになあ。よく話しておくよ。それで、さき、お前は大丈夫か？　ちょっとの間(ま)でも寝て疲れを取るようにせんと駄目だぞ」

「うん。丈夫な体に産んでもらったからね、これくらい平気よ。おとっつぁんこそ疲れた顔をしているけど大丈夫?」

「ああ、大丈夫だ、心配ない」

「おとっつぁんの顔が見られて嬉しかった。おっかさんにも私は元気だからって伝えて…。ありがとう」

権左衛門さんは二人の孫の前にしゃがむと、その手を握り想いを込めて言いました。

「いいか、二人で力を合わせておっかさんを守るんだぞ。お前たちだけが頼りなんだからな」

二人は真剣な表情で大きく頷きました。三人の笑顔に元気づけられ権左衛門さんは帰路につきました。

でも、結局、帰りも野宿しか方法がありませんでした。無理な旅の疲れが加わり、我家が近付くにつれ権左衛門さんの体調は悪くなる一方です。呼吸をするのも辛く、脂汗が滲んできます。途中で拾った枝を杖代わりに体を支えながら、やっとの思いで自宅に辿り着きましたが、玄関の戸を開けると崩れるように土間に転がり込み、そのまま倒れてしまったのです。

それきり寝込んだ権左衛門さんは、おさよさんの懸命な看護で一進一退を繰り返しましたが、十日後にはついに力尽き亡くなってしまいました。

亡くなる間際に権左衛門さんは声を振り絞って言い残しました。

「さきには帰って来た時は凄く元気で、しばらく振りにさきと孫たちの顔が見られたと、とても嬉しそうに話していたと伝えてやってくれ。悪い風邪をひいたらしく、あっという間に死んでしまったと言ってくれ。おさよ…子供の頃からずっと惚れていたお前と夫婦になれて本当に幸せだった。ありがとう…」

亡くなった場合、本来は霊になりそのまま〈あの世〉まで行くはずなのです。でも、生き残ったおさよさんの事が心配で、心配で…権左衛門さんは心を決めました。ユウレイになって、おさよさんを見守り、おさよさんが亡くなった時に、彼女の霊に手を引いてもらい一緒に〈あの世〉へ行こうと。これも〈あの世〉へ行く為の一つの手段ですが、二人の想いがピッタリと合わないと無理なのです。でも、権左衛門さんには自信がありました。おさよさんとの絆は本物なのです。

いざユウレイになってみると便利な事ばかりでした。文字通り身軽で、どこへ行くのも簡単に移動できます。夜おさよさんが眠っている間、また、日中も壮衛門一家に見守られながら畑仕事をしている間などは思い切って遠くまで物見遊山に行くことも出来ました。そして我家に戻ると、いつでもおさよさんの優しい笑顔があります。

おさよさんは夕方畑から戻ると、手足を洗い、体を拭き、朝に炊いた菜っ葉を沢山入れて量を増やしたご飯の残りに水を足し、火に掛けます。それから「今日も一日ありがとうございました」と権左衛門さんの位牌に手を合わせてくれます。位牌といっても、裏山から切って来た長さが十五センチ程の山桜の枝を削って〈権左衛門〉と墨で書いただけの物です。それでも、おさよさんは毎朝、炊きたての菜っ葉入りご飯と汲みたての水を供え手を合わせてくれます。それぞれの時季には権左衛門さんの好きな木の実も供えてくれます。

勿論、権左衛門さんはユウレイですから、どんなご馳走も実際に食べる事は出来ません。でも、手を合わせてくれる人の想いが、温かく伝わってくるのです。

ある日の夕方、琵琶湖から帰って来た権左衛門さんが家の壁を通り抜けようとした時です。走って来るおさよさんの姿が目に入りました。何かあったのでしょうか？ おさよさんは玄関に飛び込んで来ると、手足も洗わず草履も脱ぎ散らかしたまま部屋へ上がり、権左衛門さんの位牌に手を合わせました。

「権ちゃん、聞いて。さっき畑にイノシシが出たんだよ。近所の男衆が総出で捕(つか)まえたの。権ちゃん、覚えてる？ 権ちゃんが十二歳で、私が十歳の時、畑で草取りをしていた私に向かってイノシシが突進して来てさ、周りに居た大人たちは悲鳴を上げて『逃げろー！』って叫んだけど、私は恐ろしくて動くことも出来ずに固まっていたら、権ちゃんが突風の様に駆け付けて私の前に立ちはだかってさ、持っていた鍬(くわ)でイノシシの脳天をかち割ったの。振り返った権ちゃんは眉毛も眼もつり上がった凄く怖い顔をしていた。でも、私を見たとたんニッコリ笑って『もう大丈夫だ。怪我してないか？』って。私、権ちゃんにしがみついて泣いたよね。権ちゃん『おさよには俺が付いているから大丈夫だ』って、背中をさすってくれた。あの時、何だかすんごくホッとしたんだよ…ありがとう。あのイノシシ鍋、美味しかったよね、今日のも鍋にするって今みんなで用意してる。後で、権ちゃんの分もお供えするからね。阿弥陀様だって見逃してくれるよね…。じゃ、戻って手伝って来る」。早口に言うと、おさよさんは手を合わせたまま小さく頭を下げました。当然、権左衛門さんはおさよさんに付いて行きました。

久しぶりのご馳走に村人たちは、男も女も子供も心が浮き立っているのが分かります。

笑いながら他愛のない戯言（ざれごと）を言っては、また笑っています。村人たちを取り囲んでいる空気までが、まるで陽炎の様に揺らめいて見えます。

イノシシの準備が出来ると、各々が持ち寄った野菜と一緒に煮込むのです。権左衛門さんが湯気の立っている鍋を覗き込むと、肉がグツグツ煮えて何とも美味しそうです。

その時、はっきりと思い出しました。権左衛門さんが初めて仕留めたイノシシで作った鍋の味を…。

それまで料理は大人たちに任せて、子供たちは出来上がるまでの間、まるで腹を空かせるためのように追いかけっこをしたり、騒いで走り回っているのが常でした。でも、あの時は父親が、仕留めた本人だからと料理にも参加するように言ったのです。大人に混じってイノシシの首を切り落とし、腹を裂いて血まみれの内臓を取り出し、皮を剥いで、肉と内蔵を切り刻む作業全てに携わったのです。

イノシシは頭を胴体から切り落とされた後もギョロっと剥いた虚(うつ)ろな眼で、権左衛門さんを見つめ続けているように感じました。気持ちが悪いのと恐ろしいのと可哀想な気持ちもあって、何度も吐きそうになりました。鍋が出来上がって、木を彫って作った器によそいながら父親は言いました。

「殺して、皮を剥いで、肉を切り刻んで…命を頂くってのはこういう事だ。感謝して美味しく頂かないとな…」

権左衛門さんは頷(うなず)くと、両手で器を受け取りました。そして、皆の輪から少し離れた所に腰を下ろし、肉と野菜がゴロゴロと入った汁の中に箸を入れてみましたが、とても食べる気になれませんでした。器の中を見続けながら、頭の中には先程の作業の事が繰り返し繰り返し浮かんできます。

ふと気付くと、横に父親が立っていました。「おとっつぁんも最初は食えんかった。みんな同じだ。その内、食えるようになる」と言って隣に座ると、権左衛門さんの手から器を受け取り「旨い、旨い！」と言いながら本当に美味しそうに食べてしまいました。権左衛門さんは思わず涙が零れそうになって、慌ててつぎはぎだらけの袖口で乱暴に眼を擦りました。…だから、初めて仕留めたイノシシ鍋の味は分からないのです。

おさよさんは自分の分を手にすると、急ぎ足で家に戻りました。権左衛門さんの位牌の前にお供えすると、「権ちゃん、まだあったかいよ、どうぞ」位牌を見つめる眼がキラキラと輝いています。

そんなおさよさんが近頃、特に床に就く前などに次男の助左が子供の頃に着ていた着物を手にぼんやりとする事が多くなりました。出て行ったきり、生きているのかどうかも分からないのです。やはり、心配なのでしょう。痩せて小さくなった背を丸めている姿は妙に年老いて見えます。ぼろきれのような古い着物を見つめるおさよさんの気持ちを思うと、権左衛門さんはジッとしていられなくなりました。

「おさよ、俺が助左を見つけてくる！　待ってろよ」

権左衛門さんは言葉と共に薄い壁を抜けると飛んで行きました。聞こえる筈などないのに、おさよさんが、その壁に目をやりました。

「武士になる」と言ったのですから、戦場(いくさば)に居る筈です。実は、権左衛門さんの曾祖父は武士だったのです。でも、毎日、殺したり、殺されたりの戦が嫌になって、百姓の娘と夫婦(めおと)になり、米を作り始めたのだそうです。助左の中で先祖の血が騒いだのでしょうか…。

あちらこちらで百姓を巻き込んでの小競(こぜ)り合いをしています。権左衛門さんは一ヶ所ずつ丁寧に見て回りました。何日もかけてやっと見つけた助左は、隙間だらけの丸太小屋の隅で、あばら骨が浮き出るほどに痩せ細った体をボロボロのむしろで巻いて寝込んでいました。早急に精の付く物を食べさせてやらなければ死んでしまうでしょう。

　しかし、ユウレイになったばかりの権左衛門さんは、まだ〈気〉で物を動かしたことがありませんでした。でも、悠長に練習をしている時間はありません。ぶっつけ本番ですが、助左のためを考え、知恵を絞り、全身の力の限りを気に込めて何とか食べ物を運び続けたのです。最初は消化の良さそうな水を足して火に掛け直した菜っ葉飯を、次第に芋の煮っ転がしや焼いた川魚なども…。〈気〉が続かず何度も落としそうになりその度、歯を食いしばり集中し直して、まさに悪戦苦闘の連続でした。その上、貧しい人々から盗るのは気が引けて、山一つ離れていても、ちょっとは暮らしに余裕のありそうな大きめの家を探しました。外に干してある衣類もこざっぱりとしているような人たちの所を目がけて飛んで行ったのです。昼夜に関係なく休みも取らず移動を続け、満身の力を気に込める作業は、繰り返すにつれ息が上がり、汗が流れ落ちてきました。それでも権左衛門さんは助左の元に食べ物を運ぶのを止めませんでした。

　こうして権左衛門さんは世にも珍しい〈汗かきユウレイ〉になったのです。

最初は、急に目の前に現れた食べ物に驚き怯(おび)えてさえいた助左ですが、空腹には勝てなかったらしく「誰だか分からねえけど、ありがとさんです」ときれいに平らげ、じきに次の食べ物が現れるのを心待ちにするようになりました。そして、十日、二十日と経つ内に徐々に元気になっていったのです。

ある日、助左は正座をすると、両手で大事そうに持った菜っ葉だらけの握り飯を見つめて呟きました。

「戦(いくさ)なんて何の役にも立たねえ。米を作っている方が、よっぽど良い…コレを食ったら帰るべ」

権左衛門さんは助左が無事に家に帰り着くように付いて行きました。今の権左衛門さんなら助左を襲ってくる悪党が居ても、守ってやる自信があります。

ついに隣村の入り口まで帰って来ました。もう少しでおさよさんに逢えると思うと、権左衛門さんの目の前には、元気な助左を見た時の彼女の弾けるような笑顔が浮かんで来てワクワクしてきました。

ところが、我家が近付くにつれ権左衛門さんはどんどん不安になってきました。

おさよさんの気配を感じられないのです。大急ぎで家の中に飛び込んで行きましたが、おさよさんは居ません。畑にもいません。

（おさよ！　何処だ？　何処に居るんだ？）

その時、追い付いてきた助左が大声で長男の壮衛門に声をかけました。

「あんちゃん、おっかさんは？」

「助左か？　どうしてもっと早く帰って来なかったんだ…。おっかさんもおとっつぁんも死んじまったんだぞ」

（えっ？　おさよが死んだ？　まさか…まさか）

そうなのです。権左衛門さんが助左を助けている間に、おさよさんは急死してしまったのです。畑仕事をしている時でした。突然、胸を押さえ、小さな声で「うっ！」っと一言言うと、その場に倒れ、壮衛門たちが駆け寄った時には既にこと切れていたのです。後悔の涙を拭い続ける助左に、壮衛門が言いました。

「まあ、長患いしたわけじゃないから…今頃はおとっつぁんに逢えて喜んでいるさ」

（やめてくれー！　冗談だって言ってくれ！　俺はおさよと一緒にあの世に行く為にユウレイになって待っていたんだぞ…、ああ〜あ〜！　どうしよう！）
いくら泣き叫んでも、もう遅すぎます。おさよさんは既にあの世に行ってしまいました。ユウレイになる道を選んだ権左衛門さんが一人で自分勝手にあの世に行くことは出来ないのです。

おさよさんの霊に手を引いてもらう機会を失ってしまったからには、もうどうする事も出来ません。このままユウレイを続けていくしかありませんでした。

希望を失った傷心の権左衛門さんは、目的もなく彷徨い続けました。

彷徨ってみると、想像していた以上にあちらこちらに生前の悪行が祟り、あの世にも行けず、ユウレイにもなれず悪霊になってしまった連中が多い事に驚きました。権左衛門さんから見ても不気味な奴も居れば、人懐こく…いえ、ユウレイ懐こくニコニコして話し掛けながら後を付いて来る悪霊もいました。一人ぼっちで寂しく友だちが欲しいのかもしれません。でも、権左衛門さんは相手が誰であろうとも話す気にはなれませんでした。考えるのは、おさよさんの事ばかりです。

だからといって、あそこで権左衛門さんが、助左を探しに行かなければ、あの子は死んでしまったでしょう。それは間違いありません。助左が元気になって、百姓仕事の大切さに気付いてくれた事は本当にありがたいことです。でも、どうして、その間におさよさんが死んでしまったのか……考えはいつまでたっても堂々巡りです。其処から抜け出すことが出来ません。

数十年経っても相変わらず、何の目的もなく、ただ空しい気持ちのまま彷徨っていた時のことです。何処にでも在る貧しい村の田んぼにふと目を向けると、日照り続きで稲が弱り切っていました。このままでは米が収穫出来なくなるかもしれません。百姓にとっては命に係る問題です。権左衛門さんはその場に佇み考えました。

「そうだ、俺の汗を使おう」

〈汗〉と言っても権左衛門さんの汗は特別なのです。そもそもユウレイは汗をかきません。ところが、権左衛門さんはたとえ我が子とはいえ、人の命を救うという尊い行いのために実力を超えるような努力をし続けた結果、汗をかくようになったのです。それ故、その汗は空から降って来た雨が、山から湧き出てくるミネラルたっぷりのきれいな天然水と同じなのです。

彼はため池の縁に腰を下ろしました。そして、ただぼんやりと稲を見ながら汗を貯め続けていました。翌日、田んぼの様子を見に来た百姓が、ため池を見て目をぱちくりさせました。

「ありゃあ…何だこりゃ？　雨なんて一粒も降ってねえのに、こんなに水が溜まってる…」

屈み込むと、おっかなびっくり指先を水に浸し、その臭いを嗅いだり、恐る恐る舐めてみたりを繰り返しています。

「旨い…」

ついには両手で水をすくうと、ゴクゴクと飲み干しました。

「う〜ん、こいつは旨い水だ。何処から湧いて来たんだべ？」

腰を屈めため池の周りを回ると、首をひねり、向こうへ走って行きました。間もなく十人ほどの村人を連れて戻って来ました。

「あれま、本当だ！」

「夢じゃねえべな」

「なしてこんな事が起こるんだ？」

「こんな悪戯をする奴なんて居ねえよな」

口々に言うと、何処から流れて来ているのか、または湧いて来ているのかを探し始めました。でも、権左衛門さんは足元を…正確には〈元足元〉を水の中に浸けていて、そこから汗を流し続けているので、いくら探しても見つかるはずが有りません。

「…これは、神様からのお恵みだな」

「う〜ん、そうとしか思えねえよなあ」

「だとしたら、ありがたく使わせて頂いても罰は当たらないべ」

このため池はこの辺一帯、珍しいくらい広い範囲の田んぼの水を賄(まかな)っているのです。池の栓を開けると、用水路を通り勢いよく水が田んぼの間を流れて行きました。さすがに一度で全ての田んぼを潤すことは出来ませんでしたが、もう数日繰り返せば、稲は何とか復活するでしょう。

どうせ彷徨っているだけなのです。権左衛門さんは何日でも此処に居ようと思いました。日一日と元気になる稲を見ながら、助左の事を思い出しました。あのまま百姓として一生を終えることが出来たのだろうか…。あの時はおさよが亡くなってしまっていた事に動転し我を忘れ、故郷を離れてしまったけれど、もう少しの間だけでも助左のその後を見守ってやれば良かった。ま、しっかり者の壮衛門が居れば、嫁をとらせ…家も古いとはいえ二軒有ったからどうにかしてくれただろう。

次に権左衛門さんが知っている六人の孫たちの顔を思い浮かべ歳を数えてみました…もう、ひ孫の代になっているでしょう。

百姓を継いでくれているのか、田畑はどうなっているのか、少しでも広げることが出来ただろうか、それとも失うはめになってしまったのか…。

そういえば、扇作りを継いでくれている子孫は居るのかな?

田畑仕事が暇な時期に権左衛門さんは、手先が器用な上、絵心も有ることを生かして扇を作り京都の問屋に納めていました。その店に奉公に行った幼馴染が口をきいてくれたのです。権左衛門さんの扇は仕事が丁寧で、色使いが美しいとの評判でした。色に関しては、常日頃から草、花、木の実、それに細かく砕いた石や土も用いて、時間経過による色の変化、色を混ぜ合わせた場合の変化など、それはそれは熱心に工夫を繰り返していた賜物だったのです。一度、問屋の大旦那が訪ねてきて、扇作りに専念するように勧められましたが、権左衛門さんは曾祖父から受け継いできた百姓を辞める気にはなれなかったのです。

扇作りは細かい作業の連続です。根を詰める作業に疲れたら、おさよさんが針仕事をしたり、収穫した作物で保存食を作ったりとまめに働く姿を見て、眼と心を休めるのが権左衛門さん流のやり方でした。

翌日の夜は、雲一つ無く月と星が珍しいくらいに美しく輝いていました。生きていた頃の夏の夜は家の前に縁台を出し、降るような星空の下おさよさんとお気に入りの虫の声を楽しんだものです。

どんな思い出にもおさよさんが居ます。

「おさよ……逢いたい…」

五日目のことです。

「ありゃあ、日照り続きだってのに、ここの田んぼは潤ってるなあ！　君が何かしているのかい？」

声がした方を見ると、温かい…は、やはり変かな？　柔和な笑顔のユウレイが、こちらを見て小さく会釈をしていました。権左衛門さんが黙っていると、彼は近づいて来て横に腰を下ろしました。

「君の心が泣き叫んでいるもんだから、お節介で声を掛けてしまった」

権左衛門さんは返事をしませんでした。

「余程の事が有ったんだろうな…無理に話してくれとは言わないけど、名前くらいは名乗り合わないか。俺は矢之介…きみは？」

「権左衛門」

「立派な名前だね。武士だったの？」

「百姓」

「此処に住んでたの？」

「いや」

「そうか、他人の物とはいえ、水が枯れかかった田んぼが気になって力を貸したんだ」

権左衛門さんは頷きました。

「田んぼはいいよなあ…見ていると気持ちが落ち着いて来る」

それから二人は黙ったまま田んぼを見ていました。おそらく二時間はそうしていたでしょう。ふいに、彼が言いました。

「このため池の水、さっきより嵩（かさ）が増してねえか？」

「ああ」

「湧いて来てんのか？」

「ある意味な…」

矢之介さんはため池の中を熱心に覗き込んでいます。権左衛門さんは腰掛けた形のまま空中に浮かび上がりました。着物の裾からポタポタ、ポタポタ…と水が滴り落ちています。

「何それ？　どういうこと？」

仕方がありません。権左衛門さんは〈汗かきユウレイ〉になった経緯と、ついでに彷徨う事になってしまった理由を掻い摘んで話して聞かせました。

「うーーん……」

矢之介さんは唸ったきり黙り込んでしまいました。権左衛門さんにしても思い切って、初めて身の上話をしたのです。矢之介さんの反応が気になって、横目でチラチラと彼の様子を窺っていました。やっと彼が口を開いた時、権左衛門さんにとっては思いも掛けない事を話し出したのです。

「取りあえず、権ちゃんって呼ばせてもらっていいかな？　実は俺、ユウレイ仲間の頭をやってるんだ。今は四十人くらい居るかな。ほら、そこの山の向こうにデカイ川があるんだけど知ってる？　其処の一角をネグラにしてるんだよ。あのさ、ウチの仲間達には幾つかの〈決まり事〉があってね、例えば夏場は頑張って人間を驚かす。でもって冬の間は眠って心身を休める。ユウレイだって休息は必要だからね。あと、大切なのは驚かすのは、その場限り。祟るとか、取り憑くってのはなし。それは悪霊どもの分担だからさ。ま、他の細かい事は追々ってことで…。あ、今は〈ユウレイ団〉って名乗っている。どうだい？　試しに仲間に入ってみないか？　独りで彷徨っているよりずうっと楽しいぞ」

楽しいぞ…楽しいぞ…楽しいぞ…

その言葉が権左衛門さんの目の前で踊っています。

ユウレイを続けていくしかないと分かった日から今日まで〈楽しかった〉時など一瞬たりとも有りませんでした。その事を思い出すだけで、また気持ちが沈みそうです。

権左衛門さんは矢之介さんの眼を縋りつく様に見つめて訊きました。

「本当に楽しいですか？」

「ああ、みんなでワイワイ楽しいぞ」

矢之介さんは権左衛門さんの気持ちを丸ごと受け止めてくれた様に頷きました。

その時、まるで権左衛門さんの背中を押す様に雨が降り出しました。

「此処での俺の役目もお終いって事かな…矢之介さん、ある日突然、断りもなしに居なくなるかもしれないけれど、それでも仲間に入れてもらえますか？」

「ああ、勿論」

矢之介さんは最初の印象通り、統率力が有り、みんなから慕われていました。気の置けない仲間たちとの生活は賑やかで、独りで彷徨っていただけの時とは比べられないほどに気持ちも穏やかになりました。

夏の間、それぞれが創意工夫をして人間を驚かし、冷たい風が吹き始めるとネグラに戻り、ひと夏の成果を報告し合うのです。

間もなく権左衛門さんは新米ユウレイたちの教育係の一人になりました。現場の様子を見に行って、良い所を見つけては褒(ほ)めたり、してはいけない事を教えたり、時々は状況に応じ手を貸してやったりしながら、一人前のまっとうなユウレイに育てるのです。責任は重大で、細かい点まで気を配り指導をしなければなりません。勿論、その間に自分の受け持ち地区での仕事もこなさなければならないのです。

でも、独りじゃない、自分の居場所が有るということは本当に有難い事です。あのまま彷徨っていたら、どうなっていたのか…権左衛門さんは〈ユウレイ団〉に誘ってくれた矢之介さんに対し、深く感謝していました。

　そして、その気持ちは数百年経った今も少しも変わっていません。だからこそこの長い年月の間に、あちらこちらの知らない土地へと引っ越しを繰り返しましたが、権左衛門さんは文句も言わずに、住み慣れた土地を離れ矢之介さんに付いて回ったのです。そして、ユウレイの数が増え過ぎた時には、矢之介さんの裁量で新しい頭（かしら）を選び〈のれん分け〉をしてきたのですが、当然その度、権左衛門さんに白羽の矢が立ちました。しかし、権左衛門さんは頭（かしら）になることを頑固に断り続け、矢之介さんの元で、彼に協力していく道を選んできたのでした。

　そして今〈ユウレイ団〉は〈ザ・チーム・ユウレイ〉と呼び名が変わり、矢之介さんも頭（かしら）から今風にリーダーと呼ばれるようになりました。呼び方は変わっても、みんなからの揺るぎない信頼を一身に担っていることには変わりありません。

　その彼が、大声で皆を起こしました。

「さあ！　皆さん、夏ですよ！　起きて下さい」

権左衛門さんの隣で寝ていた、若いエル君とルルちゃんが飛び起きました。

「やったあ！　やっと出番がきたぞ」

「今年も、いっぱい驚かそうっと！　楽しみだわあー」

でも、もう何百年もユウレイを続けてきた権左衛門さんは横になったまま、目を開けようとすらしませんでした。百年位前から、だんだんと疲れが取れなくなってきているのです。

「やっぱり、歳だなあ…」

心の中で呟きました。実は、随分前から引退を考えていました。ユウレイにとっての引退とは、眠り続けて〈無〉になることです。永遠にたった独りで〈無〉になるのです。勿論、とんでもない程の覚悟が必要です。

四十年ほど前、思いきって矢之介さんに心の内を打ち明けました。矢之介さんの元で引退したいと…。

「権ちゃん、しっかりしてくれよ。考えてごらん、人類がこの地球上に誕生した時から霊も存在しているんだよ。人々から崇められたり、恐れられたり、心の拠り所(どころ)にされたりしてきたんだ。我々ユウレイもその長く続いてきた伝統の一端を担(にな)ってきた誇りを持たなきゃ。だからさ、そんな弱気なことは言わないで、頑張ってよ」

権左衛門さんは恩人の矢之介さんに、そう諭されて、仕方なく続けることにしたのでした。

「権左衛門先輩ったら、目は覚めているんでしょう。さっきから、汗がどんどん流れていますよ」

エル君が小さな声で、からかうように話し掛(か)けて来ました。確かに、権左衛門さんの汗は起きている間しか掻(か)かないのです。薄目を開けて見ると、他の仲間たちと同じ様に、エル君とルルちゃんも鏡を見ながら楽しそうに、ヘアースタイルを直したり、驚かす時のポーズをチェックし合ったりしています。

「私、今年は、蛍橋(ほたるばし)のたもとにしますわ」

誰かが言い出したのをきっかけに、次々と皆が担当(たんとう)したい場所を発表し始めました。

「オレは桃栗山の滝の場所をもーらい！」

エル君の言葉に、ルルちゃんが慌てて口をはさみました。

「えーっ、ズルイ！　あそこはライトアップされてから観光客が、沢山集まるようになって楽しいのに…。じゃ、ええっと…そうだ！　私は花火山の展望台にする」

「あそこだっていいじゃん。夜景を見る人間が、いっぱい来るもん」

それからエル君は権左衛門さんの所に戻って来ると言いました。

「狸寝入り先輩、聞いてました？　花火山の展望台と桃栗山の滝ですよ。じゃ、僕ら行きますからね。後で来てくださいよ」

エル君とルルちゃんは、やる気満々でさっそく出掛けて行きました。他の仲間たちも、この夏の目標やら計画などを話し合いながら、楽しそうに次々と出掛けてしまいました。

一人残された権左衛門さんの周りには、すでに汗の大きな水溜りが出来ています。その中で、上半身だけを起こし、ボンヤリとした頭で考えてみましたが、良い場所が思い浮かびません。

「仕方がない、そこの川っぷちの土手でいいや。一応、柳の木もあるしな…」

権左衛門さんは夜道をのろのろ、ふらふらと目的の柳の木の下にたどり着きました。その柳の木は高さが十数メートルはある大木です。街路灯から離れた場所にあり薄暗がりの中で見上げると、枝のない所はポッカリと穴が開いているように見えます。まるで暗黒の世界への入り口のようです。吸い込まれそうな迫力があります。そして、長い枝が風にゆれる様は、それ自体がユウレイかと思うほどの気味悪さがあるのです。だから昔の人は柳の木とユウレイを結び付けたのかもしれません。権左衛門さんは、その木の後ろで人間が来るのを待つことにしました。

早くも足元には、権左衛門さんから流れ落ちた汗が水溜りを作っています。そして、なかなか来ない人間を待っている内に、その水溜りが大きくなりすぎて、ついには土手の途中で居眠りをしていた蛙を巻き込みながら、滝のように勢いよく川へと流れ落ちて行ったのです。突然の事に驚いた蛙は必死に手足をバタつかせて岸によじ登ると、キョロキョロと周囲を見回しています。そして、権左衛門さんと目が合うと、顔をしかめ向こうへ移動して行きました。

「ふうー、蛙にまで嫌われてしまったか…」

川面に目を移すと、周囲の明かりを受けキラキラと輝いています。きれいだなと思った瞬間、おさよさんの事を思い出しました。

「見て、見て。とってもきれい！」

たらいに張った水に映ったロウソクの炎がキラキラと揺れるのを見て、おさよさんが権左衛門さんに声を掛けました。

何百年も昔の夏の夜の事です。

現代と比べたら、何もなかった時代です。でも、彼女と過ごした楽しい思い出は数えきれないほどたくさんあります。

ふと、明るい楽しそうな笑い声に気付き権左衛門さんは振り返りました。Tシャツ姿の若い男の子とミニスカートの女の子が手をつないで、ふざけ合いながらゆっくりと近づいて来ました。

「ねえ、サトル。見て、あの柳の木！　なんかオバケみたいで気持ち悪い」

「本当だ！　出るんじゃないのか…ほら、スズの後ろに…」

「やだっ！　もうー、そういうこと言わないでよね！　だから、明るい方の道にしようって言ったのに…」

「ごめん、ごめん」

サトル君はスズちゃんの手を握り直すと、柳の木をさけるように道の向こう側を歩き出しました。絶好のチャンス！　権左衛門さんは最高のタイミングで、二人の前に姿を現しました。

「うらめしや〜」

さすが！　権左衛門さんの年季の入った姿と地獄から誘い込むような声に、若いカップルは驚いて飛び上がりました。

「うぎゃー！」

「で、で、出たあー！」

腰が抜けたのか、二人は赤ちゃんがハイハイをする様な格好で、悲鳴を上げながら逃げて行きました。スズちゃんはバッグまで投げ出して行ってしまったのです。

きっと、お財布とか、運転免許証とか大切な物が入っているに違いありません。

「ショーガナイなあ、届けてやるか」

権左衛門さんはバッグを自分の首に掛けると、姿を消しユラユラとカップルの後を追って行きました。少し先の所で、カップルは制服姿のおまわりさんに助けを求めていました。

「オ、オ、オバケ！　オバケ！」

二人は舌がもつれて、他の言葉が出てこないのか、こっちを指差しながら、ただ「オバケ！」と繰り返すばかりです。おまわりさんは困った表情で、取り敢えず宥(なだ)めようとしています。

「落ち着いて、とにかく落ち着いてください」

それでもカップルは、震えが止まらず「オバケ！」と叫び続けているのです。

権左衛門さんは姿を消したまま、そっとスズちゃんの腕にバッグを掛けてあげると、勇気を出して耳元で間違いを教えてあげることにしました。

「あのね、オバケじゃなくて、ユウレイっていうんだよ」

「ギャーッ！」

スズちゃんはひときわ大きな悲鳴を上げると、サトル君に抱きつきました。

「どうしました？」

驚いたおまわりさんが慌てて尋ねると、スズちゃんは気を失いそうになりながら、弱々しい声でやっと答えたのです。

「ここに居た！　バッグを返してくれた。オバケじゃなくてユウレイだって言った」

スズちゃんが震える指先で示した地面は、権左衛門さんの体から落ちた汗で水をまいたように濡れています。そして、そこから柳の木に向かい、アスファルトの上には点々と水をこぼしたような跡が続いていました。

柳の木の下に戻ると、権左衛門さんは深く長いため息をつき、思わず独り言を言いました。

「やっぱり若い子は駄目だな。あんなにギャーギャー騒がれると、こっちまで疲れる。もっと、ここ一番って所だけで驚いてくれそうな人間はいないのかな…そうだ、気分転換に家でも回ってみるか」

権左衛門さんは近くの家々をすり抜けてみることにしました。その時代、時代の人々の暮らしぶりに興味があったのです。

何軒目かの家では居間に家族が集まり、テレビを観ていました。時代劇です。徳川家康が豊臣軍を破り、天下人となった関ヶ原の戦いです。権左衛門さんが実際に見ていた戦いとは、かなり異なる内容でしたが、それでもけっこう楽しめたので、天井に沿って横になると、つい見入ってしまいました。

突然、ドタンッという大きな音と「イッテエー」という声がしました。見下ろすと、権左衛門さんの真下で高校生くらいの男の子が派手に転んで、ジュースの入ったペットボトルが部屋の向こう側へ転がっていきます。

「誰だよ、こんな所に水を零したのは…」

男の子はフローリングの上の権左衛門さんから流れ落ちた汗を睨み付けながら文句を言っています。母親が心配して「大丈夫？　怪我しなかった？」と声を掛け、大事ない事を確認すると、雑巾を取りに走って行きました。権左衛門さんは天井をすり抜け屋根の上に出ました。

「やれやれ、とんだ失敗だ」

首を左右に振ると、天を仰ぎました。雲間にきれいな月が出ています。

「雲がいそいでよい月にする」

口に出して言うと、この俳句を作った種田山頭火さんの顔が浮かんで来ました。彼とは出張で九州へ行った時に知り合いました。山の中に、痩せてみすぼらしいなりをした、そのくせ、がむしゃらな気迫がオーラとなって広がっているなんとも不思議な男が居たのです。権左衛門さんは興味津々で近付いてみました。

横に並んで付いて行くと、ある時は呟くように、またある時は大声で独り言を言い、その度に猛烈な勢いで紙に文字を書き殴っています。覗いてみると、一行ずつの文は胸にジワッと響くものを感じましたが、全体の文章としてはチンプンカンプンの内容でした。

しかも、その間、何度か眼が合ったのに、彼は何の反応もしませんでした。確か、六度目に眼が合った時、やっと彼が訊いてきました。

「誰？」

「ユウレイの権左衛門と申します」

「ほおー、人間の種田山頭火と申します」

ごく簡単な自己紹介だけをし合うと、それっきり彼はまた自由気ままに歩き出しました。それでも彼から伝わって来る気迫に惹かれ、権左衛門さんはひたすら付いて行ったのです。彼が一般的な俳句の五・七・五計十七文字にとらわれない自由律と言われる俳句作りの名人であることを知ったのは、随分と後になってからでした。

横に並んで、その心を感じるだけで胸躍るような感動を受け続けた半日も日暮れが迫って来ました。

「あのう…種田山頭火さん、私、仕事がありますので此処で失礼致します」

彼は忘れていた事を急に思い出したかのように、少し驚いて答えました。

「おお、分かった。では、達者(たっしゃ)でな」

達者でなって…人間からそんな事を言われたのは勿論、初めてでした。その時の彼の坊主頭と痩せこけた頬、そのくせ真っ直ぐで好奇心を抑えきれない様な瞳が悪戯小僧(いたずらこぞう)のように輝いていたのを思い出すと、権左衛門さんは何ともほんわかした気持ちになりクスリと笑ってしまいました。

「そうだ、エル君とルルちゃんの様子を見に行ってやらなきゃ。随分と張り切っていたからなあ…」

エル君の桃栗山へは東へ十キロほどです。

滝つぼは山の中腹より下、三合目辺りにあります。滝の幅は五メートル弱といったところですが、水量は多く階段状に流れ落ちて来る水で、日中は両側に生い茂っている木々の葉に水飛沫(みずしぶき)が掛かり、艶やかに輝く緑が訪れた者の気持ちを一層清々しくしてくれます。夜になると、それがライトアップされるというのです。

一方で節電、節電といいながら、滝のライトアップ…いつの世も人間のすることは矛盾だらけだと権左衛門さんは首を傾げました。

考え事をしながら飛んでいた権左衛門さんが、人の話し声で下を見ると、くだんの滝が華やかな虹の色に染まっています。

「暗闇の中の虹か…ま、オーロラだと思えばな…好きにすりゃいいさ」

エル君を探して飛び回ってみると、なんと、彼は滝から少し離れた木の後に隠れる様にしているではありませんか…権左衛門さんは近付いて行きました。

「エル君、何をしてるんだ？　此処までは人間も来ないだろう」

「あ、先輩、良かった！　悪霊どもがうろついていたんですよ。ビビッたあ」

「悪霊？　何処に居る？」

「さあ？　ちょっと前までは滝つぼの辺りに居たんだけど…」

一緒に滝つぼ周辺を探してみましたけれど、悪霊の姿はもう見えませんでした。

「どんな奴等だった？」

「超不気味なのが三匹でした。相当えげつない事をしてるって感じの連中でしたね」

「…まさか、ルルちゃんの所へ行ってないだろうな」

思わず二人は顔を見合わせました。

「行ってみる！」

「僕も行きます！」

二人は花火山の展望台に急ぎました。

権左衛門さんの悪い予感は的中し、ルルちゃんは三匹の悪霊に囲まれ、何も出来ずに震えていました。

「ルルちゃんを頼む」

一言いうと、権左衛門さんは悪霊どもの前に立ちはだかりました。

「何だか無駄に年季の入ったユウレイが出て来たぞ。テメエなんかからかっても面白くねえんだよ。さっさと消えな」

「消えるのはテメエ等だ」

「ジジイが、威勢だけはいいな。暇つぶしにからかってやるか」

「ユウレイに手を出した事を後悔させてやる。掛かって来い！」

「なんだと、やっちまえ！」

三匹の悪霊たちは次々に権左衛門さんに襲いかかりました。

権左衛門さんはその攻撃をスルリ、スルリとかわしていましたが、突然、腰から下を九十度前に曲げると、足元から滴り落ちる汗を悪霊どもめがけ飛ばし始めました。その汗が眼に入った悪霊は「ギャーッ！」っと悲鳴を上げ両手で目を覆い「眼が見えねえ！」と叫んでいます。

それは当然の事です。権左衛門さんの汗は清らかな天然水と同じなのです。悪霊が清らかな物に勝てる訳がありません。

それから権左衛門さんは両手を大きく、大きく膨らませると、悪霊どもを蚊のように叩き潰していったのです。潰された悪霊どもは体が一ミリ程に縮んで、方向感覚も分からなくなったのか、てんでんばらばらに飛んで逃げて行ってしまいました。

「権左衛門先輩！」

ルルちゃんが抱きついてきました。

「ヨシ、ヨシ、怖い思いをしたな。もう大丈夫だ」

エル君も興奮と尊敬の入り混じった眼をして権左衛門さんを見つめています。

「この際だ。二人に悪霊どもとの戦い方を教えておく。まず、絶対にユウレイの方が強いってことだ。どんなに不気味で恐ろしく見えても悪霊には変わりない。勝つのは必ずユウレイだという事を忘れるなよ。練習すべき事は二つ…まず、奴等からの攻撃に対しては、猛スピードで飛んで来る虫をかわす練習をする。三百六十度全てに神経を集中して練習するんだ。そして、こちらからの必殺技は、さっきオレがやった〈潰し〉だ。両手を相手より大きく膨らませて、渾身の気を込めて叩き潰す。すると奴等は潰れた蚊よりもっと小さくなってしまう。そんな連中が、いくら悪さをしたって誰も怖がりゃしないさ、だろ?」

「はい、分かりました。ありがとうございます。さっそく練習します」

せっかちなエル君の言葉に権左衛門さんは苦笑いで話を続けました。

「おい、おい、話はまだ途中だよ。この技が難しいのは、渾身の気を込められるかどうかなんだ。君たちはまだ〈気〉で物を動かした事がないだろう。そうだな…ほら、そこの地面から上だけ出ているデカイ石があるだろう。よく見ていてごらん…」

権左衛門さんが、片手をヒョイと動かすと、その岩のように大きな石が地面から浮かび上がりました。

「スゲェー!」

「カッコイイ！」

二人は眼も口も大きく開けて驚いています。

「これが出来るようにならないと〈潰し〉の技は使えないんだ。最初は軽い物、小さな物を動かす練習からだ。今教えた二つの練習は自分自身が日々地道にやり続けるしかない。近道もズルもない。努力あるのみだ。悪霊に負けたくなかったら頑張れ！」

「はい！　頑張ります！　ヨーシ、悪霊どもめ今度現れたら、このエル君様が豆粒にしてやるぞ！」

「私だって昼間は毎日練習して、権左衛門先輩みたいになる！」

二人とも顔色は青白いままですが、気合の入った表情をしています。

「技を習得する前に困った事態になった時は、俺かリーダーを呼べ。全身の気を一ヶ所に集中して助けを呼ぶんだ。リーダーと俺は永い付き合いで、離れて居ても今の人間達が電話で連絡を取り合うようにお互いが何をしているか分かっているから、どちらかが必ず助けに来る。心配ない、大丈夫だ」

笑顔が戻った二人は、各々の持ち場に飛んで行きました。権左衛門さんは念のため、エル君とルルちゃんの持ち場付近を丁寧に見て回り、悪霊どもの気配がない事を確認すると、柳の木の所に戻って来ました。

権左衛門さんの長い夜は始まったばかりです。短いため息を一つつくと、対岸に建ち並ぶ背の高い分譲マンションの窓の明かりを眺(なが)めながら考えました。

鎖国の時代が終わり、文明開化の世が幕を開けてからの日本は、それまでにはなかったスピードで変化を遂げて来ました。良い事も悪い事も…。

一番心に突き刺さっているのは、広島と長崎に原子爆弾が落とされた日です。権左衛門さん達が当時住んでいた地域でも一瞬で地上から猛吹雪が舞い上がった様に辺り一面、無数の霊で前が見えない状態になったのです。

本来、霊には色も形もありません。それなのに、一寸先も見えなくなってしまったのです。きっと、経験したことのない驚きと、気も狂わんばかりの恐怖心が霊にまで色を付け、それが一斉にあの世に向かったためだろうというのが、慌ててネグラに戻って来た仲間たちの意見でした。

かろうじて命が助かった人々も生きながらに地獄を体験している状態が続きました。チームの皆を前に矢之介さんが言いました。

「俺は千年以上もこの国を見続けてきたが、こんな残酷な状態は見たことがない。生きている人々が体験しているんだから地獄より酷い。でも、みんな、眼を背けずにちゃんと見よう。人間が、同じ地球の上で生きている同じ仲間である人間に対してここまでむごい事が出来る生き物だという事を今後、何百年経っても忘れる事のないように、しっかりと見て記憶しておこう」

チームのみんなは、何度も何度も頷きながら聞いていました。

文明とは何なのか？　進歩とは何なのか？

矢之介さんの言った通り、こんなに残虐な事をして平気な人間が居るのだろうか？

自分の子供、連れ合い、親、兄弟姉妹が、こんな目にあって「仕方がない」と諦められる人が居るのだろうか？

これこそ最強の攻撃方法だから次もコレを使おう…と考えられるものなのだろうか?

何が起きても自分達だけは勝ち組として無事でいられる…そんな妄想はどうしたら抱けるのだろう?

このままユウレイを続けていったら、何度あんな残酷な様を目にしなければならないのだろう?

権左衛門さんは眼を閉じて、あの時の情景を克明に思い出すと、体の大きさが半分になるまで長い、長ーいため息をつき、夜空を見上げました。

「おさよ、電化製品ってのが有ってな、毎年目覚める度に驚くほど進化しているんだぞ。食べ物は冷蔵庫や冷凍庫ってのに入れて置くと長持ちするし、風呂も栓をひねるとお湯が出てくるんだ。洗濯だって衣服と洗剤を一緒に洗濯機ってのに放り込むと、乾燥まで終わった状態で出てくるんだからビックリだよな。おさよが毎年冬になると、あかぎれで手を真っ赤にして血を滲ませていたのは何だったのかな…痛かっただろう…洗濯機を使わせてやりたかったなあ。それにな、みんなが電話っていう小さな箱みたいなのを持ち歩いていて何処に居ても他の人と話が出来るんだ。おさよ、お前の声が聞きたいよ…おさよ……あー、いかん、いかん！　今日は何だか色々な事を考えてしまう。俺はユウレイの権左衛門だ。ユウレイらしい仕事をしよう！」

遠くから足音が聞こえました。振り向くと、いかにもスポーツマンといった感じの若者がジョギングをしながら近づいて来ます。両耳にはイヤフォンを付けています。

機械類は苦手な権左衛門さんですが、それでも水に弱い事くらいは知っているので、耳だけをそっと若者のイヤフォンに入れてみました。騒音としか思えない曲に、あまりの早口で、日本語か外国語かも分からない歌詞の歌が流れています。権左衛門さんは試しに歌詞の合間に一声入れてみました。

「うらめしやあ〜」

若者は立ち止まり前後左右を見回すと、ちょっと首を傾(かし)げて、また走り出しました。

権左衛門さんは今度は曲の終りに、永年鍛(きた)え上げてきた喉を披露してやりました。

「う〜ら〜めしやあ〜〜！」

その効果は絶大でした。

「うわっ！　うわっ！　なんだ、これ！」

若者は気味の悪い物を振り払うかのように乱暴にイヤフォンを外すと「ウワァー」と叫びながら、全速力で走り去って行きました。

「よしよし、いい感じだ。そうだ、住宅街の方にも行ってみようかな」

古くから在る一軒家が建ち並ぶ区域へ飛んで行きました。

静まり返った家々の間にある坂道を、サラリーマン風の酔っ払いが、機嫌よく鼻歌交じりに千鳥足で上っています。

「ちょっと悪戯してやろうかな…」

権左衛門さんは半分ほど上っていた男を、そっと摘み上げると坂の下に戻しました。男は全く気付かずに上り続けています。また半分ほど上った所で、そっと摘み上げて下に戻しました。

「あれ？　こんなに長い坂だったっけ？」

男はフラフラしながら右に左に首を傾げ、三度(みたび)上り始めました。そうしてまた半分ほど上った時、権左衛門さんが下に降ろしました。

さすがに、少し正気を取り戻したのか男が「おい、変だろう。俺はさっきから、ちゃんと上っているぞ。なんで上に辿り着けないんだ？」と言って、周囲を見回し始めました。

彼が後ろを向いた時、権左衛門さんは姿を現し「うらめしや〜」と一言いってやりました。

首まで真っ赤だった男の顔色が一瞬の内に真っ白になり、眼を一杯に見開き、尻餅を着き足をバタつかせながら「オバケ、オバケだ…」と囁くような声で言っています。

権左衛門さんがサービス気分でニヤッと笑ってやると、男は限界を超えたのでしょう。「ギャーッ！」と叫び、猛スピードで坂を上って行きました。

「やっぱり、酔っ払いは面白いなあ」

三つの仕事をやり遂(と)げ、気持ちに余裕ができた権左衛門さんは、再び家々をすり抜けてみることにしました。古い小さな家には、お婆さんが一人で住んでいるようでした。ちょうど、電灯を消してベッドに入ろうとしているところです。急に、彼女の動きが止まりました。何かを感じたのかもしれません。

「誰？　誰か居るの？」と言いながら振り向いたお婆さんの顔は、なんと、おさよさんにソックリでした。

「おさよ！」

心の底から驚いた権左衛門さんは思わず、奥さんの名前を声に出してしまいました。

「えっ？　おさよ？　いいえ、私は小夜子(さよこ)ですけれど、あなたはどなたですか？」

なんと、声までがおさよさんにそっくりなのです。数百年ぶりに聞いた愛しい人の声に権左衛門さんは舞い上がってしまいました。

「ユ、ユウレイの権左衛門です」

「ユウレイって…あの、うらめしやーのユウレイ？」

「そ、そうです」

「あら…本当にいたんですか…へえ〜」

「えっ、ユウレイが怖くないんですか？」

「私、目が見えないから」

「えっ？　だって、今まで灯りが点いていましたよね」

「ああ、その事…暗くなっても、灯りを点けないと留守だと思われて、空き巣が入ったら怖いでしょう」

「なるほど。でも、ふつうは私達ユウレイの方が怖がられますけどね」

「私に何か悪さをします？」

「まさか！　そんな事はしません」

「それじゃ、怖がる必要もないでしょう」

「…それもそうですね」

二人は、まるですごい新発見でもしたかのように楽しそうに笑い合いました。

「おさよって、どなたですの？」

「妻です。勿論、私が生きていた頃の話ですけれど。近隣の村々でも評判の美人でした」

「あら、まあ！　私が、その方に似ているんですか？」

「瓜二つです！　そっくり、そのまま！」

「光栄だわ」

小夜子さんは笑顔のまま、ちょっと恥ずかしそうに俯きました。

権左衛門さんは、改めて部屋の中を見回して、家具や物がとても少ないことに気が付きました。

「あのー、もしかして、お引越しの途中ですか？」

「えっ？　…ああ、物が少ないから？　…目が見えないのに物ばかり多いと、つまずいたりして危ないのよ」

その声が悲しそうに聞こえ、権左衛門さんは少し慌てて言い足しました。

「あ、心無い事を伺ってしまいました。すみません。おわびといってはナンですが、何かお手伝いできる事はありませんか？」

「お手伝い…」

小夜子さんは、ちょっと小首を傾げ考えると、思い切ったように口を開きました。

「実は、ご先祖様から受け継いできた大切な扇を、目が見えなくなってから失くしてしまったんです。介護の方にも探して頂いたのに見つからなくて…」

「合点、承知之助！　任せて下さい」

権左衛門さんは昔風の返事をすると、張り切って小さな家の中を、それこそ天井の裏から床の下まで全て探し回りました。

扇は仏壇の底に落ちていました。引き出しを引いた時に、奥に仕舞ってあったのが落ちたのでしょう。小夜子さんに教えてあげると大喜びでその扇を取り出しました。そして、パタパタと小さな音を立てて扇を広げると、大切そうにそっと胸に押し当てました。

扇には墨で「か黒き髪に　真木綿似ち　あざさ結い垂れ　大和の黄楊の小櫛を」と書かれ、鮮やかな黄色のアザサの花が描かれていました。

その扇を見た瞬間、権左衛門さんは有るはずのない心臓がドクドクッと大きく脈打つのを感じました。それは百姓仕事のかたわら指先の器用さと絵心を生かし扇職人もしていた権左衛門さんが、愛する奥さんの為に特別に作った扇でした。

「真っ黒な髪に、美しい木綿を使ってアザサ（現在はアサザという）の花を結び垂らし、それを大和のツゲの櫛で押えている愛らしい女性、それが私の妻です」という意味の万葉集に出てくる短歌の一首です。権左衛門さんは、この短歌を選ぶのに万葉集に収められている四千五百首ほどの歌の殆ど全てに目を通しました。それ程の想いを込めて作った扇です。間違えるはずがありません。

まさか、まさか、こんな形で自分たちの子孫にめぐり逢えるなんて…長年ユウレイをやってきた甲斐があったってもんです。権左衛門さんは出る物なら感動の涙でむせび泣きたい気持ちでした。

「小夜子さん、その扇は私がおさよだけの為に作ったモノです。貴女こそが私達の子孫だったのですね」

「えっ？　権左衛門さんが、私のご先祖様…ありがたや、ありがたや…」

小夜子さんは顔の前で合わせた両手を上下にこすり合わせて拝んでいます。その様子が、あまりにも愛らしくて権左衛門さんは笑ってしまいました。

なにせ、ご先祖様が相手なのですから、それからの小夜子さんはすっかり打ち解けて、四年前に病気で目が見えなくなった事がとても悲しく、不安で一杯な気持ちでいる事、息子が二人と娘も一人いるけれど、皆遠くに暮らしており心配はしてくれても会えるのは年に数回で、普段は一人ぼっちで暮らしている寂しさ等、今までジッと自分の胸にしまい込んできた本心を饒舌に語り続けました。

権左衛門さんは彼女の気持ちを想い、小さな声で相槌を打ちながら話を聞き続けていました。

突然、小夜子さんが、右手の人差し指を唇に当てました。

「しっ！　あれは鈴くんだわ！　きっとそうよ。ちょっと待ってて下さい…」

そう言うと、彼女は音を立てないように気を付けながら急ぎ足でベランダに歩み寄り、戸を少しだけ、そっと開けました。

「リ、リリーン…リリッリーン」

鈴虫の何とも不器用な羽音が、部屋の中に流れ込んで来ました。

「鈴丸だ！　こ、これは鈴丸の羽音ですよ！」

「えっ？　鈴丸？　権左衛門さんもこの子をご存知なのですか？」

「はい、ご存知なんてモノじゃないですよ。鈴丸と名付けたのは私の妻なんです。私たち夫婦が生きていた時の話ですから、ロウソクと月明かりの時代でした。夏の夜、二人で縁台に腰掛けて蒸し暑さの残る中、降るような美しい星や月を眺めていた時のことです。『リ、リリーン…リリッリーン』と不器用な、そのくせ何とも愛嬌（あいきょう）のある虫の羽音が聞こえて来たんですよ。妻は『まさか、鈴虫？　まだ夏なのに？』って言いました。私も『鈴虫は秋の虫だよ。それに、リーン、リーンって鈴を鳴らしたような美しい羽音だから、鈴虫っていうんだろう』って答えました。妻は『なんて気が早い子なのかしらね…それにしても可愛らしい羽音だこと』って大喜びしましてね、すぐに鈴丸と名前を付けたんですよ。それからは毎日、夜になるのが楽しみでね…でも、やがて冬になり当然のことながら鈴丸の羽音は聞こえなくなったのです。妻は鈴丸が死んでしまったと言って、それは、それは寂しそうにしていました。だから、翌年の夏の夜に再び『リ、リリーン…リリッリーン』という元気な羽音を聞いた時は二人で飛び上がって喜びました。そして、それからも毎年、鈴丸の羽音は聞こえました。妻は月あかりに瞳を輝かせ『鈴丸が子孫を残してくれた』って、心の底から嬉しそうに何度も何度も私に言ったものですよ……」

権左衛門さんの耳には、おさよさんの声がはっきりと聞こえた気がしました。

「何もかもが奇跡ですね、本当に…」

小夜子さんは、指先で何度も涙を拭きながら言いました。それから、大きなため息を付くと、明るい声で言ったのです。

「私も、これからは鈴丸って呼ぶことにします。権左衛門さん、貴方にお逢いできて本当に良かった。眼が見えなくなってからは悲しい事ばかりでしたけれど、眼が見えないお陰でご先祖様とめぐり逢い、こんな風に心から楽しく、ゆっくりとお話しが出来たのかもしれませんものね」

そう言うと、小夜子さんは笑顔で頷きました。

権左衛門さんも胸にしまっていた、おさよさんとの思い出話を聞いてもらえて、ユウレイになって初めての幸せを感じていました。

しかし、その間にも大変な問題が進んでいたのです。権左衛門さんの汗です。小夜子さんの顔を見た時から畳をビチャビチャに濡らしては申し訳ないと思い汗をかくのを止めていました。その代わり、汗は権左衛門さんの体の中に、どんどん溜まり続けていたのでした。

権左衛門さんの体は驚くほどに大きく、醜く膨らんで、それこそ化け物の様になっています。限界が近付いているのを感じました。

勿論、このまま、いつまでも小夜子さんと話しをしていたいと思ってはいましたけれど…権左衛門さんは心を決めました。

「小夜子さん、私はもう行かなければなりません。あなたに逢えて、こんな嬉しい事はもう何百年もなかった。本当にどうもありがとうございました。あなたと私たち夫婦、そして鈴丸には特別の絆があるのです。それを信じて、明日の朝、ベランダの戸を開けて庭を見てください……じゃ、さらばだ」

そう別れを告げ、ベランダの窓をすり抜け庭に出ると、権左衛門さんの体は音もなく風船が弾ける様に消えてなくなりました。溜りに溜まった権左衛門さんの大量の汗が、小さな庭一面に降り注ぎました。

普通ではあり得ない事ですが、権左衛門さんは霊に戻れたのです。そして、柔らかく包み込んでくれるような明るさの中をどこまでも、どこまでも上(のぼ)って行きました。あの世へ向かっている事は、本能的に感じました。でも、今更あの世へ行ってもおさよさんに逢えるとは思えません。あの世は無限大に広いのです。そこでたった一人の人に巡り逢える可能性なんてある筈もありません。

(結局、おさよとの縁は、あそこで切れてしまったってことか…)

どんなに心の底から願っても、どうにもならない事もあるのでしょうか……

その時です。柔らかな明るさに包まれたおさよさんが、満面の笑みで両手を振りながら舞い降りて来るではありませんか…。

「権ちゃーん!」

「おさよー!」

二人はしっかりとお互いを抱きしめ合いました。

「おさよ！　本当におさよなのか…ちゃんと顔を見せてくれ…ああ！　おさよだ！　夢じゃねえべな。なんで此処に居たんだ？　あの世に行ったんじゃなかったのか？」

「権ちゃん、逢いたかった！　あのね、もう少し上った所に〈待合場所〉って言うのが在るの。本当に心が通じ合っていて、お互いにあの世へ行っても一緒に居たいって心底願っている人達だけが、どちらかが先に死んだ時に其処で相手が来るまで待っていられる場所なのよ。私が死んだ時、絶対に権ちゃんが待っていてくれると思って行ったのに、権ちゃん居ないんだもの。世話係の霊に訊いたら、それは多分、私の事が心配でユウレイになって待っていたけれど、私が死んだ時に、何かの事情で傍に居なかったんだろうって。それで、現世を彷徨っているんじゃないかって。もし、自分の推量が当たっていたら、こりゃあ例え上手いこと逢えるとしても何百年も掛かるし、下手したら永遠に来られない可能性も大きいよって。永遠に待つ覚悟があるなら居ても構わねえけど、一度決めたらもう変更は出来ねえ決まりだし、時間がたち過ぎて相手があんたを忘れてしまった時も待ちぼうけで終わるんだよって教えられたの。私は権ちゃんなら、きっと何とか方法を見つけて霊に戻って私の所に来てくれると信じて待つ事にしたんだ…待っていて本当に良かった…権ちゃんに逢えて嬉しい！　もう、二度と離れないよね」

　おさよさんは何百年もの間、一途に権左衛門さんを待ち続けて居てくれたのです。今夜、小夜子さんに会えたのは、神様、仏様のお導きとしか思えません。感謝です！

「おさよ、待っていてくれてありがとう」

「権ちゃん、私を忘れないでいてくれてありがとう。さあ、一緒に〈あの世〉へ行こう」

　二人の笑顔は幸せに満ち溢（あふ）れています。

　翌朝、ベランダの戸を開けた小夜子さんは驚きのあまり息を飲みました。荒れ放題になっていた三畳ほどの庭が、鮮やかな花々で埋め尽（つ）くされているのが目に飛び込んできたのです。色とりどりの花達が、まるで小夜子さんに「見て、見て！」と言うように咲き誇っていました。彼女の眼が治ったわけではありません。でも、まるで権左衛門さんが魔法を掛けていってくれたようなこの庭だけはどんな細かい部分までもはっきりと見ることが出来たのです。庭の美しさは隣近所の人々をも魅了し、毎日のように見に来る人々は、次第に小夜子さんと言葉を交わすようになり、彼女の事情を知るとやがて親しく互いの家を行き来するまでになったのです。小夜子さんは皆に見守られ、大切にされて楽しく暮らせるようになりました。そうして、それからも毎年、夏になると庭は花で満たされ、その度に彼女の心は嬉しさで震えました。

そして、「リ、リリーン…リリッリーン」まるで権左衛門さんの代わりに、小夜子さんを応援するかのような、鈴丸の不器用な羽音も元気に鳴り響いているのでした。

ずうっと一緒

夜遅く、携帯電話の着メロが鳴りました。沙江子叔母(さえこおば)ちゃんからのメールが来た事を知らせる一番お気に入りの曲です。

風花(ふうか)は楽しみにメールを開きました。

〔入院しました。あまり良くないんだ。お見舞いに来てくれた時に詳しく…ね〕

「えっ？　どういうこと？　あまり良くないってどういうこと？」

思わず声が出てしまいました。


沙江子叔母ちゃんは風花のパパのすぐ下の妹で、パパの名前は若松(わかまつ) 至(いたる)、年は四十八歳です。叔母ちゃんは子供の頃から病弱で、パパは彼女の為に医者になろうと決意して頑張って医学部に入学したのです。でも、解剖で本物の人体内部を見ると気を失いそうになり、それは回数を重ねても同級生たちのように慣れることもなく、ついに諦めて中退し、他の学部に入り直して公務員になったのだそうです。

叔母ちゃんの下には〈弗(どる)〉というアメリカのお金みたいな名前の弟がいます。沙江子叔母ちゃんに聞いた話によると、お祖父ちゃんは子供たちの名前を全て世界中のお金の単位、名付けて〈世界の金（かね）シリーズ〉にしたいという野望を抱いていたのですが、お祖母ちゃんの猛反対にあい、何度も交渉した結果、やっと次男の〈弗〉だけを確保したのだそうです。彼は名前が影響したのか、高校からアメリカに留学して、大学卒業後はそのままニューヨークの新聞社に勤務し、テレサというアイルランド系の女性と社内結婚、今は二人の小さな息子もいます。今年の春休みに、パパとママの三人で会いに行ってきました。小さな従弟（いとこ）たちに会うのは初めてでしたが、さすがに可愛い顔をしていて、私もハーフだったら良かったのに…と思いました。

そして、弗の下に純子という名前の妹がいます。彼女のご主人である花霞智哉（はながすみともや）さんは十歳年上で大学病院の脳神経外科部長をしています。パパは親類が集まって食事をすると、毎回必ず「智哉さんは凄い！　俺には逆立ちしても真似が出来ない事を仕事にしている」と言います。ママが「医学部を全（まっと）う出来なかった事がパパには一番のコンプレックスなのよ」と教えてくれました。そして、花霞家には勇気という名の高校二年生の男の子と、麻里という名の中学三年生の女の子がいます。

一人っ子の風花にとって二人は、お兄ちゃんとお姉ちゃんのような存在で、勉強の事とか、高校の選び方など色々とアドバイスしてくれます。
それに、麻里姉ちゃんはオシャレで、風花では選べないような素敵な組み合わせの服をお下がりしてくれます。学校のお友達の間では「風花はオシャレな子」と思われていますけれど、実はこういう秘密があったのです。

昔、兄弟姉妹がまだ実家で暮らしていた時に〈世界の金シリーズ〉の話題が出て、純子叔母ちゃんが「私は〈フラン〉でも良かったけど」とお祖父ちゃんをフォローしてあげると、お祖父ちゃんは普段見せたことが無い嬉しそうな顔で、お祖母ちゃんに見つからない様に彼女にウインクを送ったそうです。純子叔母ちゃんは末っ子だけれど、常に皆に優しく気遣(きづか)いをしてくれます。それに頭もとびきり良くて、パパはいつも「風花も純子みたいな女性になるといいなあ」と言います。そして、沙江子叔母ちゃんは独身という事もあるのか、甥や姪たちを我が子のように可愛がってくれます。風花も感性が似ている叔母ちゃんが大好きで、一番の仲良しなのです。

風花が去年、小学校の六年生になったのを機に携帯電話を持つようになってからは、一番のメル友にもなりました。

別に問題になるような内容では無いけれど、両親や学校の友達にはあまり言いたくない本心でも、沙江子叔母ちゃんには正直にメール出来ます。

風花のメールに対して、沙江子叔母ちゃんは優しく色々とアドバイスをしてくれる時もあるし、〈頑張れ！〉とか〈根性だ！〉とか一言だけを太い文字で書いて励ましてくれる時もあります。いつでも、どんな時でも、風花の気持ちをとってもよく理解してくれるので、沙江子叔母ちゃんからのアドバイスは不思議なほどスーッと心に沁み込んできます。

それに、映画に誘ってくれたり、食事にも連れて行ってくれます。ちょっと高級な感じのお店で食事をしながら、沙江子叔母ちゃんとオシャベリをしていると、楽しくて、あっという間に時間が過ぎていきました。

そんな沙江子叔母ちゃんから〈入院して、あまり良くない〉なんてメールが届いたのです。取りあえず、居間に降りて行って、ママに訊きました。

「えっ？　あまり良くないって、どういう意味なの？　純ちゃんから一昨日入院したとは聞いているけど…悪い所が見つかったのかしら？　パパから純ちゃんに訊いてもらうわ」と早速、まだ帰って来ないパパに電話を掛けましたが、タイミングが悪いのか通じません。

風花は部屋に戻りましたが、胸の辺りがソワソワして落ち着かず、メールを繰り返し読み直したり、鞄の中から教科書やら色々を全部取り出して時間割と合わせてチェックし直してみたり…でも、何をしても結局、沙江子叔母ちゃんの事で頭の中がいっぱいです。

しばらくしてママが部屋に来ました。

「風花、残念だけれど沙江ちゃん癌なんですって、しかも末期らしいのよ」

「末期って死んじゃうってこと？」

「そうねえ、もう治療方法が無いって意味ね。パパが純ちゃんに訊いたら、明日みんなに連絡しようと思っていたんですって。ママは明日病院に行ってみるけど、風花どうする？　学校から帰って来るまで待っていてあげようか？」

「…一人で行く…」

風花は机の上の教科書に眼を落としたまま、そう答えるのが精一杯でした。その夜は頭の中が白く光っている様な変な感じがしてあまりよく眠れませんでした。

次の日、学校から帰ると、急いで叔母ちゃんが入院している病院に向かいました。玄関で見送ってくれたママは、叔母ちゃんの話題には触れず「はい、交通費。それから帰りは地下鉄の駅まで迎えに行ってあげるから電話をちょうだい」と言ってくれました。

ドキドキしながら病室に入って行くと、病院のパジャマを着た沙江子叔母ちゃんが、車椅子に座っていました。

風花の顔を見たとたん、パッと明るい笑顔になり、元気な声を掛けてくれました。

「おー、風花！　来てくれたの」

差し出された両手を、握りしめました。いつも通り、温かくてやわらかい手です。

「なーんだ、元気じゃん！　変な噂が飛び交ってて心配したんだよ」

お道化(どけ)た言い方をしたつもりでしたが、声が上ずっているのは自分でも分かりました。

沙江子叔母ちゃんは、風花の手を握ったまま、明るい声で言いました。

「それがさ、本当なのよ。すい臓癌の末期でね、余命一ケ月なんだって」

「一ケ月…」

風花は目の前が真っ白になって、貧血を起こした時のように、体の力が抜けていきました。

「風花、風花！　大丈夫？　椅子に座りなさい」

沙江子叔母ちゃんの声が、遠くから聞こえます。

風花はふらふらしながら、やっと椅子に座ることが出来ました。目の前に、心配そうな沙江子叔母ちゃんの顔があります。

「全部ウソだよね…だってさ、この間、映画を観に行って、それからご飯を食べて…元気だったじゃない…」

喉を締め付けられているような声しか出ません。

「うん。驚かせてごめんね。ほら、あの時、おへその横の出来物が治らないって言ったでしょう。二日後に手術をしたんだけれど、取った物を検査したら、背中の方にあるすい臓の癌が肝臓を通って、おへその横に出来物として出て来ているって言われたの。今回入院して、もう一度調べたんだけど、結果は同じでね、しかも、余命まで宣告されちゃったのよ」

風花の頭の中には、沙江子叔母ちゃんの言葉が入ってきませんでした。そんな事を認めたくなかったからです。うつむいたままの風花に、沙江子叔母ちゃんが言いました。

「風花、ごめんね…」

とても優しいやわらかな声でした。

風花の目から涙がこぼれ落ちました。

手でぬぐっても、ぬぐっても涙は止まりません。ボロボロ落ちてきます。

沙江子叔母ちゃんの顔を見ることも出来ません。

風花は、涙をぬぐいながら、ただ、力いっぱい奥歯をかみしめていました。

「風花、本当にごめんね」

ふいに沙江子叔母ちゃんが、風花の肩を抱きしめてくれました。

そのとたん、風花は声を上げて泣き出しました。

「嫌だ！　嫌だ！　沙江子叔母ちゃん死んじゃ嫌だあ！」

「うん、うん…」

小さな声で、そう言いながら、沙江子叔母ちゃんは風花の肩をそっとなで続けてくれました。

何分くらい過ぎたのか、五分か十分か、もっとだったかもしれません。急に風花の肩から手を離すと、沙江子叔母ちゃんは、いたずらっぽい声で言いました。

「風花、それ以上泣いたら、まぶたが腫れて美人が台無しになるよ」

沙江子叔母ちゃんの顔を見ると、両目のまぶたを指でつまんで、唇をとがらせて面白い顔をしていました。風花は思わず吹き出してしまいました。

「沙江子叔母ちゃんは恋愛ドラマのヒロインにはなれないわ」

「へ、へーんだ！　風花には話していない、とっておきの恋愛話があるもんねえ！」

「うっそピョーン！　本当に有るんなら話してよね！」

「もったいなくて、子供には話せませーん」

それからは、いつも通り楽しいオシャベリをして、沙江子叔母ちゃんの病気の事には触れませんでした。

帰る時も「ほな、また来るね！」「おー、待ってるぜ！」と明るく別れました。

風花は病室を出て歩き出したとたん、沙江子叔母ちゃんの元へ戻りたい気持ちにおそわれ、足が止まりました。でも、うつむいたまま深く息を吸うと、エレベーターに向かい歩き出したのです。

また涙が、あふれてきました。

帰りのバスは空いていました。

風花は窓側の席に座り、すっかり暗くなった外に視線を向けました。目の前に小学校のグランドがあり、その奥の校舎に〈祝　新入学〉と書かれた白い横断幕がライトアップされています。以前、沙江子叔母ちゃんが打ち明けてくれた子供の頃の話を思い出しました。

「叔母ちゃんさ、左足が五センチ位短いでしょう。赤ちゃんの頃の病気が原因なの。小学生の時には、男の子達にからかわれて、よく追いかけ回されたのよ。向こうは面白半分だったと思うけど、叔母ちゃんは怖くて、怖くて、震えながら夢中で逃げたの」

風花は、その情景が目の前に浮かび、今すぐその場に行って、悪ガキどもをぶん殴(なぐ)ってやりたい気持ちになりました。

沙江子叔母ちゃんの話は続きました。

「大人になってからもね、その時の夢をみたのよ。夢の中では追いつかれてさ、男の子達が一斉に飛びかかって来るの。恐ろしくて、そこで目が覚めるんだけれど、いつも布団の中で、体が小さく丸まっていたのよね」

思わず、沙江子叔母ちゃんの眼を見た風花に、叔母ちゃんはテレビドラマのアメリカ人がするように、両手を広げ、ちょっと肩をすくめてニッコリしました。

風花にはまるで、聞いて欲しかっただけなのよ、慰めないで…って言っているように感じられました。

その時、バスに小さなおばあさんが、乗って来ました。運転手さんがマイクで「お客さん、座ってください。動きますよ」と声を掛けました。おばあさんは「はい、ありがとうございます」と返事をして一番近くの席に座りました。待っていた運転手さんはバスを発車させました。

それを見ていた風花は、何(なん)となく優しい気持ちになって、また沙江子叔母ちゃんの事を考えました。


大人になってからも色々な病気をして、結局、沙江子叔母ちゃんは車椅子での生活になったのです。それでも、リハビリが出来る施設に通い、せめて車椅子からトイレの便座に移る時や、ベッドに移る時くらいは自分の力で頑張りたいと、努力を続けていました。

風花も去年、六年生になってからは叔母ちゃんに誘われて度々リハビリの様子を見学に行くようになりました。

その日は、二本の棒の間で、立ち上がって歩く練習でした。

左右の棒を手でつかむと、両腕の力だけで体を引き上げ、何とか立ち上がります。それから、左手を少しだけ前に進めると、右足も少し前に出します。でも、風花の目には、その右足に力が入っているようには見えませんでした。そして、今度は右手を前に進めて、つま先しか付いていない左足を少し前に動かすのです。しかし、その左足は、足の付け根の関節もほとんど無くなっているのです。その上、長年の電動車椅子生活で、お腹(なか)の筋肉も背中の筋肉も衰えています。

結局、腕だけで自分の体重を支えているのでしょう。両腕が、ブルブル震えています。

困ったような、苦しそうな表情で、それでも沙江子叔母ちゃんは、棒の先を見つめ、少しずつ、少しずつ前へ進んでいきます。

頑張れ！　という気持ちと、胸が苦しくなる気持ちが混じって、風花は思わず胸の前で両手の指を組みました。

そんな中で、風花と目が合うと、沙江子叔母ちゃんは一瞬、笑顔を見せてくれました。でも、その笑顔は泣いているようにも見えたのです。

両腕がブルブル震え出すなんて、どれほど苦しい事か想像は出来ます。自分なら、くじけてそれ以上前へ進むなんて出来ないと思います。

どうして沙江子叔母ちゃんは出来るのでしょう？　……ブルブル震える腕を前に出し続けなければ生きて来られない辛い事がたくさん有ったのだと風花は気付きました。

足が不自由なこと、次々と大病に罹ったこと、それら全てを自分に与えられた試練と受け入れてきた沙江子叔母ちゃん。その上で負けずに人生を楽しもうと努力し続けてきた事こそが、震える腕を前に出し続ける生き方なんだと心から思いました。

その日、リハビリ施設から帰宅した風花は、夕食後テレビも見ないで勉強を始めました。一生懸命に努力を続ける沙江子叔母ちゃんに影響されたのです。

ママに「あらら、風花がテレビを観ないなんてめずらしいわね。三日坊主にならなきゃいいけど」って冷やかされました。

郵便はがき

料金受取人払郵便

札幌中央局
承認

5224

差出有効期間
平成31年3月
31日まで
●切手不要

060-8787

800

札幌市中央区北三条東五丁目

株式会社 共同文化社 行

お名前

（　　歳）

〒　　(TEL　－　－　)

ご住所

ご職業

※共同文化社の出版物はホームページでもご覧いただけます。
http://kyodo-bunkasha.net/

愛読者カード

お買い上げの書名

お買い上げの書店

書店所在地

▷あなたはこの本を何で知りましたか。

1 新聞(　　　　　　　)をみて　　6 ホームページをみて
2 雑誌(　　　　　　　)をみて　　7 書店でみて
3 書評(　　　　　　　)をみて　　8 その他
4 図書目録をみて　　(　　　　　　　　)
5 人にすすめられて

▷あなたの感想をお書きください。いただいた感想はホームページなどでご紹介させていただく場合があります。

〈個人情報の取扱いについて〉

(1) ご記入いただいた個人情報は次の目的でのみ使用いたします。
・今後、書籍や関連商品などのご案内をさせていただくため。
・お客様に連絡をさせていただくため。

(2) ご記入いただいた個人情報を(1)の目的のために業務委託先に預託する場合がありますが、万全の管理を行いますので漏洩することはございません。

(3) お客様の個人情報を第三者に提供することはございません。ただし、法令が定める場合は除きます。

(4) お客様ご本人の個人情報について、開示・訂正・削除のご希望がありましたら、下記までお問合せください。

〒060-0033 北海道札幌市中央区北３条東５丁目 TEL:011-251-8078／FAX:011-232-8228
共同文化社：書籍案内担当

ご購入いただきありがとうございました。
このカードは読者と出版社を結ぶ貴重な資料です。ぜひご返送下さい。

確かに、長続きはしなかったけれど、それでも、毎日の予習と復習は今でもちゃんと続けています。

もう一つ、リハビリ施設で、沙江子叔母ちゃんらしい出来事がありました。

お昼ご飯の時です。利用者の方達が食堂に向かっていました。風花達の斜(なな)め前に両手に杖を持ち一歩ずつ、やっと進んでいる感じのおばあさんがいました。その彼女を後ろから近づいた別のおばあさんが、わざと肘(ひじ)で押したのです。杖のおばあさんはよろけました。とっさに風花が彼女を支えました。「大丈夫ですか？」と声を掛けている横を電動車椅子の沙江子叔母ちゃんが、スーッと通り過ぎて行きました。そして、意地悪をしたおばあさんの洋服を掴(つか)むと言ったのです。

「ちょっと、あなた、何て危ない事をするんですか！　杖をついている人を押すなんて！」

言われたおばあさんは、わざと顎(あご)を上げ沙江子叔母ちゃんを見下すと「ふんっ！あんたも気をつけな！」と捨て台詞のように答えると、サッサと食堂の奥へ向かい歩いて行ってしまったのです。沙江子叔母ちゃんの頬が見る見るうちに紅潮してきました。風花は慌てて「叔母ちゃん、ちょっと待って。スタッフの人を呼んで来るから」と言いながら周りを見回しました。顔見知りの宮川さんの元へ走り寄り、案内をしながら事情も説明しました。

「白井さん、大丈夫ですか？　お怪我はありませんでしたか？」

宮川さんは杖のおばあさんの腕を下からそっと支えながら声を掛けました。

「大丈夫な訳ありませんよ。大怪我をしたかもしれないんですから…怖かったですよね」

当の白井さんより先に沙江子叔母ちゃんが答えました。

「ほら、犯人は食堂の奥に座っている紺地に白い水玉の服を着て、共布(ともぬの)の帽子を被っている人よ。あ、今こっちを見た！」

「ああ、分かりました。上の者からきちんと注意してもらいます。それと白井さん、これからは皆さんより先にご案内するようにスタッフ全員に徹底しますので…本当に申し訳ありませんでした」

「ありがとうございます」と恐縮する白井さんの横で、沙江子叔母ちゃんが満足げに頷きました。

食卓に着いてから風花は言いました。

「叔母ちゃんのした事は百パーセント正しいけどさ、逆恨みってこともあるんだからね、一人の時はマジ気を付けてよ」

「正義の味方は不死身なのさ！」

車椅子の上で胸を張り、ニヤッと笑いながらそう答える沙江子叔母ちゃんの顔を見た時、風花は瞬間的に涙が溢れそうになりました。

いじめられたり、からかわれたりする恐怖心と悲しさを経験してきたので、電動車椅子が必要な身になっても、弱い立場の人が同じ目に合うことを黙って見過ごせないのでしょう。（叔母ちゃん、大好き！）と強く思うと同時に、この叔母が正義の味方に変身した時には誰か叔母を守ってくれる人が傍に居てくれますようにと心の底から願いました。

その時の沙江子叔母ちゃんの顔と、先程、病室で見た病衣姿の顔が重なり、風花の眼から改めて涙がこぼれました。

風花が降りるバス停のアナウンスが入りました。

風花はバスを降りて地下鉄に乗り換える前にママに電話をしました。地下鉄から地上に出ると、パパが待っていてくれました。

「おかえり」

パパはそう言って、頭の上に軽く手を乗せてくれました。

車の中でもパパは「腹減っただろう。今夜は風花が好きな春巻きだぞ」と言ったきり後は黙って運転していました。

風花にしても、沙江子叔母ちゃんの様子なんかを訊(き)かれても泣きそうだし、そっとして置いてくれてホッとしました。

玄関ドアを開けると、ママが小走りに出て来ました。

「おかえりなさい。疲れたでしょう。ご飯の前にお風呂に入っちゃいなさい」と言って、背中を押してくれました。

風花は大好きなテレビ番組を見る気にもならない程に沙江子叔母ちゃんの事が気になり、気持ちは沈んでいましたが、疲れと昨夜の睡眠不足が重なり、食事の途中から睡魔に襲われ、ベッドに横になるのと同時に、翌朝目覚まし時計のベルがなるまでぐっすりと眠りました。

風花は学校での授業中も、休み時間にお友達とオシャベリをしている時も、常に沙江子叔母ちゃんの事が頭から離れませんでした。

数日置きに病院へ通いました。

その日、病室へ入って行くと、叔母ちゃんは窓辺で外を見ていました。風花の姿を見ると「今、何を考えていたと思う?」と訊きました。

「風花みたいな可愛い子は見たことがないわ、と思っていたんでしょう」

「ハズレだけど、良い答えね。さすが私の姪だけのことはある」

「で、何を考えていたの?」

「私の一生について…まあ、そこに座って。風花にはまだ難しいかな…」

叔母ちゃんは笑顔のままパイプ椅子を指差し、それから風花の方に体の向きを変えると唐突に話し始めました。

「叔母ちゃんね、若い頃、会社勤めをしていた時よ、もしかしたらいつか結婚するかもしれないって思う人が居たの。気が合って、友達としてだけどさ、一緒に映画を観に行ったり、その後食事をしたりね。楽しかった。次の約束をした時から、何を着ていくか考えて、鏡の前で一人でファッションショーをしてさ、ピンと来る服がなかったら新しいのを買いに行って、その時々の流行の服にもチャレンジしたのよ、ワクワクしながらね。ただ、靴だけはいつも同じ、黒皮の左足側を上げ底にした特注品よ。あの頃は派手な色のピンヒールを履いて足早に歩いている同世代の女の子が、本当に羨ましかった。話が逸れちゃったけど、ある時、その彼が風邪をこじらせて寝込んでいるって同じアパートの隣の部屋の人から聞いたの。携帯電話なんて無い時代だったし、固定電話も彼は『どうせほとんど部屋に居ないし』って置かずに、必要な時はそのお隣さんのを使わせてもらっていたから連絡もしづらくてね。でも、心配でお見舞いに行こうか悩んだんだけれどさ、一人暮らしの部屋に行くのは、やっぱり抵抗があって…結局、遠慮したのよ。風邪が治ってから会った彼はなーんか様子が変でね、ぎこちないっていうか、よそよそしいっていうか、お見舞いに行かなかったことで気を悪くしたのかと思って謝ったら『謝るのは自分の方です』って言うの。なんと、私の同僚で親友だった子がお見舞いに行って、献身的に看病をして、恋人になっちゃったんだって」

初めて聞く叔母ちゃんの恋バナに興味津々で聞き入っていた風花は唖然としました。

「彼女は私のデートの話をいつも笑顔で聞いてくれて『プロポーズされるのも近いんじゃない？』なんて言ってた子だったのよ。彼に会った翌日、会社で顔を合わせた彼女が、さもしおらし気に言ったの。『沙江ちゃん、ごめんね。私、そんなつもりじゃなかったんだけど…』（それじゃ、どんなつもりだったの？）口の中一杯に広がった言葉が溢れ出ないように私は歯を食いしばって、その場に立っていたの。彼女に足を引きながら立ち去る後ろ姿を見られたくなかったから。彼女は間もなく会社を辞めていった。全く、安っぽい三流ドラマみたいな話よ。でも、心底傷付いた。何か月間も、ふっと考えてしまっては涙が出た。彼を失った事が悲しいのか、親友みたいな顔をして裏切った彼女が憎たらしいのか、五体満足じゃない自分の体が恨めしいのか…結局はやっぱりソコなのよ。もし私にコンプレックスが無かったら、道徳的な理屈をこねていないで、彼の部屋に飛び込んで行ってたと思うんだ。他人はさ、気楽に『本人が気にするほど周りは気にしていないから大丈夫よ』なんて言うけど、そう言ってる本人が朝起きたら、よれたシーツの跡が頬についていたからって大きなマスクをして会社に来るのよ。それも、美人でもナンでもない地味な顔をした子がね。そんなもんよ。所詮、悩みの深さなんて他人には分からないのかもね。とにかく、あの時はありふれた表現だけれど、本当に胸が潰れそうに辛かった。その上、私からしたら図々しくも結婚祝賀会の案内状までが届いたの。ゴミ箱に投げ捨てたかったけど〈喜んで出席させていただきます〉って返信はがきを送った。でもさ、日にちが近付くにつれ、どんどん気持ちが沈んでね…結局どうなったと思う?」

それは風花に質問した訳ではなく沙江子叔母ちゃんの話は切れ間なく続きました。

「前日の夜よ、純子が部屋に来て『お姉ちゃん、明日は一緒に買い物に行こう』って言うのよ。私が返事に詰まっていると、至兄さん、つまり風花のパパがね『二人で洋服でもアクセサリーでも買って、帰りに旨い物を腹一杯食って来い』って、なんと、十万円もくれたんだって。至兄さんは、それまでその話には一言も触れなかったのよ。でも、ちゃんと見てて、同じように傷付いてくれていたのね。翌日は純子と二人でお店をめぐり歩いて、キャーキャー騒ぎながら、あれもこれも買ってメッチャ楽しかった。おまけに、家に帰ったら、アメリカに留学してた弗から小包が届いててさ、中にはフワフワした生地の綺麗なスカーフが入っていて〈バイト代が入ったから〉って、素っ気無いメモが添えられてあったの。私はこんなにも大切に想ってくれる人達に囲まれているんだって嬉し涙が溢れた。本当に救われたわね。それで、気持ちが元気になって、恋愛は二度としないって決心したの。胸をときめかすのは映画スターのみってね。空想の世界で、目いっぱいお洒落してさ、毎日デートしたもんよ。現実の生活では、間違っている事は間違いだってはっきり言う事に決めたの。たとえ、それで相手との関係が壊れても構わないって思ったの。その程度の相手って事だからね。良い事は良い！　悪い事は悪い！　ってはっきりと言い続けていたらさ、意外にも親友が三人も出来た。お互いに楽しい事も嫌な事も分かち合える友達ってイイもんだよ。簡単には出来ないけど、風花にもそういう親友が、いつか出来る事を願っているからね。さて、本日の独演会はここまで。疲れた、横になるわ」

本当に疲れたのだと思う。ベッドに横になると沙江子叔母ちゃんは、すぐに寝息を立て始めた。

風花は小さな声で「また来るからね」と言って、病室を出ました。

病院の廊下を歩きながら、バスが来るのを待ちながら風花は考え続けました。

沙江子叔母ちゃんは死ぬ前にどうしても誰かに話したかったのです。誰かに聞いて欲しかったのです。色々な意味で重い内容だったし、確かに難しい話で、今の風花ではその意味を全て理解出来た自信はありません。それでも自分に話してくれた事が嬉しかったし、一生忘れないと心に決めました。

次に行った時、純子叔母ちゃんに会いました。

両親亡き後、一人暮らしをしていた沙江子叔母ちゃんですが、電動車椅子での生活になってからは、純子叔母ちゃんのお宅に同居しています。

風花と二人でイタリア料理を食べに行った時、沙江子叔母ちゃんは「いつも口(くち)ゲンカばかりしているけどさ、本当は純子が居てくれて心底感謝してるの。でも、姉としての立場ってモノが有るからね、この話は内緒だよ」と言って、口止め料としてジェラートのパフェを注文してくれました。生まれて初めての〈口止め料〉は、とっても美味しかったことを思い出しました。

「風花、エクレアを買って来たの。一緒に食べよう」

まるで、待っていてくれたみたいに純子叔母ちゃんは、エクレアが乗った紙皿とプラスチックのフォークを手渡してくれました。

その日は、沙江子叔母ちゃんの病気さえなければ、とても穏やかで楽しい時間でした。

入院して、二週間が近づいた頃から沙江子叔母ちゃんは、めっきりと弱ってきました。

強い痛み止めを使うようになったのです。

それでも痛みが抑えられなくなったら、モルヒネという一番強い痛み止めを使うしかないそうです。

そんな中、純子叔母ちゃんの発案で近くの公園へ散歩に行きました。ゴールデンウイーク中なので人々は行楽地に出掛けているのでしょうか、広い公園内は閑散としていました。でも、それがかえって落ち着けました。

沙江子叔母ちゃんは自然の緑に囲まれ、久し振りに気持ち良さそうに大きな深呼吸を繰り返しました。

「地球の恵みを感じる。二人も深呼吸をしてごらん…あー、体の隅々（すみずみ）までスーッとする」

純子叔母ちゃんと風花もその場で胸いっぱいに空気を吸いました。確かに木々の緑を感じる爽やかで美味しい空気でした。

それから、公園内の売店でソフトクリームを一つ買って三人で食べました。沙江子叔母ちゃんが二口食べて「これが娑婆（しゃば）で食べる最後のご馳走だ。二人と食べられて良かったぜ。礼にもならねえが、ここは一つアッシに奢（おご）らせておくんなせい。これまで本当にありがとよ」と言うと、純子叔母ちゃんが笑いながら「やっぱりお姉ちゃんの前世は渡世人(とせいにん)だったのね」と言いました。風花には渡世人という言葉の意味は分からなかったけれど、なんか可笑(おか)しくて笑ってしまいました。

沙江子叔母ちゃんは余命を宣告された後も落ち込んだり、当たり散らして周りの人達に嫌な思いをさせる事をせず、普段通り、感謝の気持ちを忘れず、時にはユーモアも交えて入院生活を送っていました。

家に帰って、その話をしたらパパが「沙江子は小さい頃から辛い思いをたくさんしてきたから、何が起きても全てを受け入れるしかないって事が身に沁(し)み付いているんだろうな……」と言って、その先の言葉を濁(にご)し眼を伏せました。風花には、その後「可哀想(かわいそう)に」と続けそうになった言葉を飲み込んだのだと分かりました。沙江子叔母ちゃんが懸命に生きてきたのを、兄としてずうっと見てきたパパだから、その一生を「可哀想」なんて言葉で終わらせたくなかったんだと思います。

そして、入院から三週間後には、ついにモルヒネを使うようになりました。沙江子叔母ちゃんは力の無い声で言いました。

「これで風花との楽しいお喋りも、いよいよ出来なくなる。叔母ちゃんね、自分の人生に、そりゃ不満もたくさんあるけどさ、やっぱり死にたくないし、もっともっと生きていたかった。でも、一つだけ…精一杯生きて来た…与えられた人生を本当に頑張って生きて来た。それだけは胸を張って言える。その為に、常に自分を叱咤激励し続けてきたの。だからさ、もし生まれ変わるってのが有るんなら、今度は健康な体で、あまり物事を深く考えずに、自分がしたい事を最優先するような、お気楽な生き方をしてみたいなあ！」

「じゃ、私が代わりに、そういう生き方をしようか？」

叔母ちゃんは慌てて言い足しました。

「ダメよ、そんな無責任な生き方。嫌われ者のゴキブリとか、すぐに食べられてしまうプランクトンじゃなく、人として生まれてこられた事に感謝して、努力しなきゃ。そして、弱い立場の人には優しくね」

風花は笑いながら答えました。

「やっぱり、沙江子叔母ちゃんは何回生まれ変わっても、どんな境遇でも結局は努力家で頑張り屋さんなのよ」

沙江子叔母ちゃんの顔が、パッと明るくなりました。

「なるほどね…生きている内に気付かせてもらって良かったわ。ありがとう。風花、幸せな人生になるように自分で努力しなさい。でも、あまり自分を追い詰めずにリフレッシュしながらね。草葉の陰から、ずっと応援してるよ」

「草葉の陰ってお墓の中ってこと？　沙江子叔母ちゃんが、そんな所でおとなしくしているはずないじゃない。イケメンの宇宙人を探して宇宙の果てまで飛び回ってるよ」

「あはは…、そりゃそうだ！　最後に風花に一本取られちゃったな」

そして、痛みは刻々と強くなり、モルヒネの量も増えていき、その影響で、沙江子叔母ちゃんは眠ってばかりいるようになりました。

死が近づいている事は、風花にも分かりました。

沙江子叔母ちゃんの手を握って「叔母ちゃん、風花だよ」と、声を掛けると、沙江子叔母ちゃんは眼を開けてくれました。

そして、大きく見開いた眼で、風花の眼をじっと見つめて、微笑(ほほえ)んでくれました。

風花は、胸が締めつけられました。

「沙江子叔母ちゃんが死んだら、寂しくなるよ。本当に、寂しくなるよお〜！」

泣きながら訴えるように言いました。

沙江子叔母ちゃんの目からも涙が、ボロボロこぼれ落ち、泣き顔で「ウ〜、ウ〜〜」と振り絞るような声で返事をしてくれました。

これが、沙江子叔母ちゃんとの最後の会話でした。

それから二日後に沙江子叔母ちゃんは亡くなってしまいました。


純子叔母ちゃんのお宅で、対面した沙江子叔母ちゃんは、とても安らかな表情で、きれいでした。本当に、眠っているようにしか見えません。

風花は思わず、沙江子叔母ちゃんの鼻をつまんでみました。

笑いながら「こら、いたずらしているのは誰だ？」って言って起きてくれそうに感じたのです。

でも、沙江子叔母ちゃんの鼻は凍り付きそうなほど冷たくて、その冷たさは風花の心に突き刺さってきました。

沙江子叔母ちゃんは目の前にいるけれど、手を伸ばせば触れることも出来るけれど…でも、死んでしまったのです。

もう、二度と風花に笑いかけてくれることはないのです。二度とオシャベリも出来ません。風花の手が届かない遠い、遠い所へ行ってしまったのです。

大人たちが、お葬式の相談をしている声を、ぼんやりと聞きながら、風花は沙江子叔母ちゃんの手を握りしめていました。いつまでたっても、冷たいままの手を握りしめて、声も出さずに泣いていました。

(沙江子叔母ちゃん、大好きだよ。本当に寂しいよ)

心の中で、何度も何度もつぶやきました。

純子叔母ちゃんが、ホットミルクを作ってくれました。一口飲むと、ちょっぴり甘い温かさが、口の中から喉の奥へと広がっていきました。

暗く沈んでいた風花の心の中に突然、明かりが点(とも)りました。

（そうだ！　携帯電話と、ハイヒールを作って棺の中に入れてあげよう！）

パパに頼んで、帰りに文房具屋さんへ寄ってもらい、深紅と青の画用紙を買いました。

深紅は濃い真っ赤で、沙江子叔母ちゃんの好きな色、青は風花の好きな色です。

家に戻ると、さっそく青色の画用紙で携帯電話から作り始めました。

自分の物を参考にして、何とか出来上がったのは夜中の一時半でした。

最後のメールも書き込みました。

［沙江子叔母ちゃん、仲良くしてくれてありがとう。私はスンゲェ～寂しいけど、叔母ちゃんを見習って、何事にも努力するよ。

そちらの世界では、深紅のハイヒールを履いて元気に、自由に歩き回って下さい。

富士山よりも山盛りの愛を贈ります。

風花］

翌日はお通夜でしたが、その前に学校へ行く事にしました。内緒で、ママのオシャレなハイヒールを紙袋に入れて、学校へ持って行きました。

事情を説明すると、クラスメイトの女子達が集まって来て、図を描いたり、ノートを破って、ハイヒールの形に組み立てたり、真剣に協力してくれました。

おかげで、告別式の朝には、携帯電話とハイヒールを沙江子叔母ちゃんの棺（ひつぎ）に入れてあげることが出来ました。


あれから、もう一年が過ぎました。

今日は、一周忌の法事です。

この一年間、風花は沙江子叔母ちゃんが恋しくて、寂しくてどれだけ泣いたか分かりません。

席に着き、色とりどりのお花に囲まれた沙江子叔母ちゃんの写真を見ていた時、突然、深紅のハイヒールを履いて、青色の携帯電話を持った沙江子叔母ちゃんが、正面の壁の向こうから空中を軽やかに歩いて来る姿が風花の眼に飛び込んできました。

驚いた風花は、何度もパチパチとまばたきをしました。

沙江子叔母ちゃんは風花を見ながら、とびっきりの笑顔で、携帯電話を持った手を大きく振っています。

思わず風花も、両手を大きく振りました。

隣に座っているママが、驚いて「風花、何してるの？」と言いました。

沙江子叔母ちゃんは、チラッとママを見ると、首をすくめて、風花にウインクしてくれました。

フワフワしたスカートの裾をなびかせて、颯爽と歩く沙江子叔母ちゃんは、華やかで本当にきれいでした。

「沙江子叔母ちゃん、カッコイイ！」

風花が心の中で叫ぶと、沙江子叔母ちゃんはニッコリしながら指でピースサインをし、おまけに投げキッスまでしてくれると壁の向こうへと歩き去って行きました。

ほんの一分程の出来事だったと思います。

でも、風花にとっては充分でした。

沙江子叔母ちゃんは幸せなのです！

健康な体に戻って、自由に楽しんでいる姿を風花に見せに来てくれたのです。

風花の心は、嬉しさで一杯になりました。

（沙江子叔母ちゃん、ありがとう。これからも、ずうっと一緒だよね！　ありがとう！）

風花の目から一粒の温かい涙が、こぼれ落ちました。

本作は二〇一六年さっぽろ市民文芸児童文学部門
佳作入選作に修正加筆いたしました

特命捜査犬プリンスにおまかせ

僕はパピヨン。生後二ケ月とちょっと。

ママとお兄ちゃん、お姉ちゃんと四匹で幸せに暮らしていたんだ。ママは優しくてフワフワしていて、くっついていると、すご〜く気持ちが良かった。

ところがある日、変な男が二人来て、お兄ちゃんと僕をさらうようにママから引き離したんだ。お兄ちゃんも僕も声を限りに必死に「助けてぇー！」って泣き叫んだよ。ママはとっても寂しそうな眼で僕達を見て言った。

「体に気を付けて、幸せになってね」

結局、お兄ちゃんと僕は別々の車に乗せられて…それっきりさ。

そして僕はパニック状態に陥り、頭の中が混乱したまま次々と知らない人から知らない人の手に渡されて、恐怖と心細さに震えながら心の中で（ママ、ママ…）と叫び続けている内に、気が付いたら、ペットショップのゲージに入れられて売り物になっていたってわけ…こんな事、納得できるはずないじゃん！　誰だってそう思うよね！

ママのフワフワした温もりを感じることは二度と出来ないんだ。もう、僕は一生この檻の中で、一人ぼっちで生きていくしかないのさ。僕は世を拗ねて檻の中の、客から一番遠い隅っこで丸まっていた。

このペットショップは大型ショッピングモールとかの中にあって、休日には家族連れだのカップルが大勢来た。

「可愛いっ！」

「わあ！　絶対この子が欲しい！」

その場限りのノリを妙に甲高い声で、キャーキャー騒がしいったらありゃしない。そんな時、僕は丸まったまま絶対に動かない事に決めていた。目も開けず、耳も動かさないように細心の注意を払っていた。

「こっち見て！」

「チビちゃん、おいで、おいで」

ゲージに指を突っ込んで、何とか僕に触れようとする。

「ほら、おやつだよ。美味しいよ」

持ってもいないくせに、嘘までつく客も居るんだぜ。僕が全く反応しないと分かると、やっと諦めて次のゲージに移って行く。だから、休日の夜は疲れ切ってグッタリだよ。それでも、このまま此処で暮らしていくしかないと思っていた。

ところがある日、従業員が帰った後、仲間達でお喋りをしていた時さ、自称〈情報通〉のパグが衝撃的な発言をしたんだよ。

「みんな知ってるか？　体が大きくなって、子犬としての可愛らしさがなくなるまで売れ残ってしまったら、始末されるんだぜ」

「シマツって？」

だいぶ大きくなってきたビーグルが心配そうに訊いた。

「殺されるって事に決まってんだろ！」

「エ〜ッ？」

「嘘だろ！」

「キャーッ！」

「マジ？　マジ？」

薄暗い店内には、恐怖の悲鳴が渦を巻いたね。何度か重々しく頷いたパグが、低い声で脅す様に言った。

「おい、パピヨンのチビ、お前だっていつまでもふて腐れていたら殺されるぞ」

僕は返事をしなかったけれど、さすがに内心ドキッとしたよ。

そりゃ、二度とママに会えないのなら生きている甲斐も無いとは思うよ。だからって、殺されるのも嫌だしなあ…。

本当にもう…まだ生まれて三ケ月にもなっていないのに、この世の中は残酷な事ばかりだ。考えると、増々落ち込んでくるよ。

その恐怖の事実〈?〉が発表された翌日から、客に対する皆の態度が格段と良くなった。

客達に近付き、愛らしく見える仕草をしたり、ちぎれんばかりに尻尾を振って御愛想をしたりね。

勿論、僕だって悩んではいたさ、深く深〜く…ね。でも、だからって、僕にも選ぶ権利はあると思うんだ。ほら、何て言うのかな？　そうだ、相性だ。やっぱり、お互いの相性って大切だよね。

世を儚んで悶々としながらも、相変わらずゲージの隅で丸まっていたある日、とても気持ちの良い声が聞こえた。

「チビッコくん、何を悲しんでいるの？」

僕は思わず、声のする方を見た。ママみたいな優しい瞳をした年配の女の人が、僕を見つめていた。

直感で「この人だ！」って分かった。

僕は何とか彼女に気に入られようと、まずニッコリ笑顔で尻尾を振った。次に、顎が床に付くくらい前足をうんとこさと前に出して頭のてっぺんからお尻の先まで斜めに背筋をピーンと伸ばし、最後に後ろ足を右、左と順に蹴り上げる〈ノビノビ〉のポーズ。それから決め技の、お座りの状態で挙手をする〈ハーイ〉のポーズまで連続で披露してみせた。

僕のあまりの豹変ぶりに、彼女は一瞬、戸惑い唖然としたみたいだったけど、それでも温かい、柔らかな声で言ってくれたんだ。

「チビッコくん、ウチの子になる?」

(うん、なる!　なりたいっ!)

僕は力を込めて頷いた。早速、ゲージから出された僕は彼女に抱っこしてもらってさ、同じ店内にあるペット用品コーナーで首輪とか、その他諸々の必要な物を選んだ。

「どっちがイイ?」

彼女の問い掛けに答えようとしてハッとした。実は僕…人の言葉が理解出来るんだ。声に出した言葉だけじゃなく考えている事も分かる。それに、僕が思っている事も相手に伝えられる。ママには、これは僕にしか出来ない特殊な能力で、人には気持ち悪がられるかもしれないし、逆に悪い人間達に利用される心配もあるから絶対に秘密にしなさいって言われてた。どうして僕だけ?　って訊いたら、僕だけひどい難産で仮死状態で産まれたからじゃないかって。慌てて連れて行った病院の獣医さんが色々と手を尽くしてくれて、やっと、声を出す事が出来たんだって…いくら考えても、その影響としか思えないって。ママはそんな能力を持った犬の話は他に聞いた事がないとも言ってた。

で、彼女の問い掛けには、あたかも彼女が自分で閃いたかの様に僕の好みを伝えた。そんな訳で、結局、僕が気に入った品ばかり買い揃えてもらえたんだ。

彼女の家には勿論、ママは居なかったけれど、不思議と心が落ち着いた。我家だって思えた。

「まず、名前ね。そうねえ…」

彼女は、照れちゃう位まじまじと僕の顔を見つめた。

「毛の色が白を基調に茶色とこげ茶の模様が入っているのはオシャレね。顔の真ん中に、口元から目と目の間を通って頭まで白い毛が一筋続いているのは知性的な感じで魅力だし、まん丸お目々はとっても可愛い。それに何よりも気品が有るのよね。う〜ん、そうだわ、プリンスが良いと思う。よし、今から君の名前は〈プリンス〉に決定！」

彼女はそう言うと抱っこした僕に優しく頬ずりをしてくれた。

「私の名前は長藤美代子（ながふじみよこ）。みよちゃんって呼ばれているのよ」

可愛い名前で、ピッタリだと思った。

それから、床に降ろされた僕は興味津々で家の中を探検していた。居間に、ママたちと暮らしていた家にあったのと同じような仏壇が置いてあって、年配の男の人の写真が飾ってある。誰だろうと思い見上げていると、みよちゃんが近づいて来て、その写真立てを持ち、僕に見せながら言った。

「プリンス、紹介するわね。私の夫よ。七年前に亡くなったの。優しい人だったわ…」

声に寂しさが滲んでいる。気持ちは分かるよ。僕も生き別れとは言え、家族と引き離されたばかりだからね。しんみりとしていたら、みよちゃんが元気な声を掛けて来た。

「さて、プリンス、あなたのトイレが出来たわよ。これからは此処でオシッコとウンチをするのよ。オーケイ?」

コの字に組み立てたゲージの内側にトイレ用シーツを洗濯バサミで何枚も貼った

物の前で、みよちゃんは右手の人差し指を僕に向け、ちょっと厳しい声で言った。

これが、噂に聞いていたトイレトレーニングってやつだな。どうしようかなあ？

やっぱり、二、三回は失敗して怒られてみようかなー？　そうだ、早速やってみよう！

僕は、リビングのカーペットの上にしゃがみ込んでオシッコをした。

「プリンス！」

悲鳴のように叫ぶと、みよちゃんはティッシュペーパーの箱を引っ掴み飛んで来た。そして、その箱で床をバンッ！　バンッ！　と何度も叩きながら怒った。

「ダメって言ったでしょう！」

ティッシュペーパーの箱は想像以上にデカイ音がして、僕は思わず首を竦めた。

「ちょっといらっしゃい！」

みよちゃんは僕を抱き上げると、出来たばかりのトイレの中へと連れて行った。

「トイレは此処！　オシッコとウンチは此処でするのよ！」

僕は何とかみよちゃんのご機嫌を取ろうと思い、立ち上がり精一杯首を伸ばして、座っている彼女の唇を舐めまくった。

「そんな事をしても無駄よ。他の場所でオシッコをしたら絶対にダメ！　いいわね！」

「はいっ！　分かりました！」

まさか、みよちゃんがこんなに怒るなんて…。完全にビビった僕は、うっかり、彼女の頭の中に直接返事をしてしまった。

みよちゃんが、固まった。

瞬きをするのも忘れた様に眼を見開いたまま、体が左右にユラユラと揺れ始めた。

「みよちゃん、倒れないでね。大丈夫だから落ち着いて。まずは深呼吸でもしてみよう。吸ってぇ…吐いてぇ…うん、上手だよ。あのね、これは、僕の特殊な能力なんだ。僕は人の言葉や考えている事が理解出来るんだよ。そして僕の考えも声に出さずに相手の頭の中に直接伝えることが出来るんだ。それに、犬は眼があまり良くなくて、全てが、白と黒にしか見えないって言うけど、僕は人と同じように色も見えるんだ」

「まさか…そんな……どうして？」

「生まれた時に仮死状態だったんだって。息をしていなくて、みんなで色々と手を尽くして、やっと声を出せたんだって。多分、その時に僕の頭の中で何かが起きたんじゃないかと思うんだ。ママに訊いても、他にはそんな子いないって言ってたし。ただ、悪い人間に利用されたら大変だから、誰にも知られないようにしなさいって言われたんだけど…」

みよちゃんは長ーいため息をついた。

それから無意識に僕を抱っこすると、ソファーに腰を下ろして、ぼんやりと壁の時計を見つめていた。

みよちゃんの中で、信じられない気持ちと現実が戦っていた。やがて、現実を受け入れるしかないと決心が付いたみたい。

みよちゃんに心からの笑顔が戻った。

「…そうよね…世の中は広いんだもの、不思議な事も有るわよ、ねっ」

自分の言葉に自分で頷（うなず）くと、床に降ろした僕に優しく微笑んでくれた。

それから僕は、また部屋の中の探検を続けた。みよちゃんの良い匂いの他に、若い男のニオイがするのが、気になったんだ。一体、誰だろう？　もっと情報を集めなきゃ…と思って歩き回っている内に、だんだん疲れて眠たくなってきた。でも、もしお昼寝から覚めた時に全てが夢だったなんて事になってしまったらどうしようと思うと寝るのが怖くて、僕はお座りしたまま猛烈な睡魔と戦っていた。

「プリンス、疲れたんでしょう。ほら、このベッドで寝んねなさい」

そう言うと、彼女は買って来たベッドをリビングの隅に置いてくれた。

ああ、あそこで寝たら気持ちが良いだろうなあ…でも…僕は迷っていた。

「大丈夫よ。プリンスがウチの子になったのは現実なんだから安心してお昼寝なさい」

まるでみよちゃんも僕の考えを読んだみたいに声を掛けて来た。そこまで言ってくれるんなら思い切って寝ちゃおうっと。客観的にはどう見えたかしれないけれど、僕としては最後の力を振り絞り、全速力でベッドへと走った。そして、みよちゃんが言った通り、お昼寝から目覚めても僕はみよちゃんのウチに居た。心底ホッとした。

「みよちゃーん」って呼びながらキッチンへ行くと、みよちゃんが振り向いてにっこりと笑ってくれた。

「プリンス、シャンプーの準備が出来たわよ」

「えっ！　シャンプー？　嫌だよ。絶対に嫌！」

「どうして？　きれいになるわよ」

「僕、きれいにならなくてもいい。この話はこれで終わりね！」

僕は強い気持ちを込め断言すると、そっぽを向いた。

みよちゃんが、僕を捕まえようと近付いて来る。

「そういう訳にはいかないのよ。さあ、いらっしゃい」冗談じゃねえ…僕は慌ててトイレに逃げ込んだ。

「プリンスくん、キミは完全に包囲されている。無駄な抵抗は止めて出て来なさい」

何故か、みよちゃんはとても楽しそうにそう言うと、僕を抱き上げた。

「助けてえー！」

「たかがシャンプーで大袈裟ねえ」

みよちゃんは僕の懇願なんて意にも解さない様子だ。諦めるしかないと覚悟を決めた。

「分かったよ。シャンプーするよ。でも、絶対に鼻にはお湯を掛けないで。息が出来なくなるから」

「そうなの？　分かったわ。それじゃ、プリンスも協力してね。なんたって私は初めてなんだから」

そんな理由で僕も、今までの経験から色々とアドバイスをしてさ、何とか二人での初シャンプーは問題なく終わった。やれやれ…。

次は毛を乾かさなきゃ。

「まずタオルドライ。それからドライヤー。その時も小さなタオルを使った方が早いよ」

「オーケイ。小さなタオルね、取って来る」

立ち上がったみよちゃんが言った。

「会話ができるって便利ね」

そう、とっても便利なのさ。ただし、当然の事ながら、僕は声を出さないから傍(はた)目(め)にはみよちゃんが一人で喋っている様にしか見えないんだけれどね。

夜になって、ご飯も食べ終わり、二人仲良くソファーでまったりと、テレビを観ていた時、玄関のチャイムが鳴った。

「はい、はい」

みよちゃんは返事をしながら僕を抱き上げると、嬉しそうに玄関へ向かった。

ドアを開けると、デカイ男が立っていた。

「ただいま」

「お帰りなさい」

この家の若い男のニオイはコイツのだ。

「何？　このチビ」

「今日からウチの子になったプリンスよ。可愛いでしょう」

「へぇ～、まあ、母さんの話し相手にいいんじゃない」

「そう、話し相手なのよ、ねぇ」

みよちゃんは僕にウインクした。

「プリンス、あなたのお兄ちゃんの弘一よ。北海道警察で警部補をしてるの」

はっ？　お兄ちゃん？　このバカみたいにデカイ男が？　でもってケイブホって何だ？

「プリンス、弘一兄ちゃんって呼んでごらんなさい。ほら、弘ちゃん抱っこしてあげて」

そう言いながら、みよちゃんは僕をデカ男に手渡した。デカ男のデカイ手からは意外にも優しさが伝わって来た。

「こ、弘一兄ちゃん…」

僕は仕方なく、みよちゃんだけに伝わるように呼んでみせた。みよちゃんが、嬉しそうに頷きながらニッコリした。

弘一兄ちゃんが、トンカツの横の千切りキャベツをデカイ口で頬張るのを見ながら、みよちゃんは僕の秘密を打ち明け始めた。

弘一兄ちゃんは、とても信じられない内容に、キャベツとトンカツとご飯で一杯になった口を閉じるのも忘れて、みよちゃんと僕の顔を交互に見た。

「あのさ、まずは口の中の物を飲み込んだ方が良いと思うよ」

僕は弘一兄ちゃんの頭の中に伝えた。

弘一兄ちゃんは喉を詰まらせ「ウッ、ウ〜ウッ」と呻（うめ）き眼を白黒させながら、やっと飲み込んだ。

「あービックリしたア！　死ぬかと思った。嘘だろ…マジか？　今のは本当にこのチビが喋ったのか？　まさかだろ…」

「信じる者は救われるってね」

僕が返事をすると、彼は怯（おび）えた眼で母親を見た。

「母さん……」

「分かるわ、弘ちゃんの気持ち。私も気を失いそうになったもの。でも、現実の事なんだから受け入れましょう。それにね、とっても便利よ」

「いや、便利とかって事じゃなく、あり得ない話なんだよ、母さん。犬が人間と会話するなんて…あー！　誰か夢だと言ってくれ！」

両手で頭を掻き続ける弘一兄ちゃんに僕は優しく言ってやった。

「夢だよ、弘一兄ちゃん」

ついに、彼は椅子から転がり落ちて床に倒れ込んだ。みよちゃんが僕に言った。

「プリンス、少しの間そっとして置いてあげましょう…ね」

その夜の弘一兄ちゃんは、チラチラと僕を見ては何かを考えている様子だった。

僕は人の考えを全て盗み見るような事はしたくないからさ、必要な時だけ特殊能力のスイッチを入れるようにしているんだ。

何はともあれ、これでこの家のメンバーも揃ったし、後はのんびり暮らしていけそうだなと思っていたら、翌日に本当の災難が待っていた。

「プリンス、病院へ行きますよう」

「ヘッ？　病院って、もしかして痛い注射の、あの病院？」

「ピンポーン！　正解でーす」

「なんで？　何のために？」

「予防注射とか、血液検査とかしなきゃならないのよ」

「そんなア〜、勘弁してよオー」

「これからお散歩デビューをしたら、よその子ともお友達になるし、色々な場所へも行くようになるの。もし、病気になったら困るでしょう。そうならない為よ」

それでも僕は、はっきりと「嫌だ！」と意思表示をした。でも、結局、いとも簡単に車に乗せられてさ僕も諦めたよ。気合が入った眼をしたみよちゃんはエンジンを掛けたんだ。今後の為にも、みよちゃんのこういう有無を言わさぬ強引なところだけは是非とも直して欲しいと、僕は心から願うよ。

緑色の看板に北原動物病院と書いてあった。

みよちゃんに抱っこされて中に入ると、大中小様々な犬達に猫も居た。

大型犬が一匹、偉そうにみんなを見下(みくだ)していた。みんなも眼を合わせないようにしていた。僕は夕べ、もっと、もっとデカイ奴に抱っこまでされた経験があるからね、この程度じゃ驚かないさ。

みよちゃんが受付をしている時に、大型犬が声を掛けてきた。

「チビ、初めてみる顔だな。俺様に挨拶もねえのかよ」

「ここは病院だよ。注射の痛さは誰でも同じだろ」

「……」

大型犬が返事に詰まっている時、診察室から呼ぶ声がした。

「笠井ジャンボくーん」

途端に、大型犬が慌てだした。

飼い主の男の人が立ち上がり、太いリードをグイッと引くと、ジャンボくんは両前足に全身の力を込め腰を落として踏ん張った。

多分、普段ならジャンボくんの力が勝っていると思う。でも、此処じゃ気持ちで既に負けているからね。悲しいかなジャンボくんの姿は、ズズズッ、ズズズッと音を立てて引きずられ診察室に消えて行った。

「さあ、ジャンボ、此処に乗れ」

高圧的な女の人の声がした。

（誰だろう？）

その時、隣に座っていたおばさんが、ミニチュアダックスフンドの頭をなでながら訳知り顔でみよちゃんに話し掛けて来た。

「今のは院長の水澤（みずさわ）先生の声よ。副院長は扇先生。お二人とも女医さん。腕が良いって評判なのよ。この間もね…」

おばさんは、大した内容もない話を長々と始めた。僕は診察室内の声に集中した。

「予防注射をするから全員で押さえて」院長の声。

「名取君、久米ちゃん、手伝って」副院長の声。

「ギャアー！」ジャンボくんの悲鳴。

やがて僕の順番が来た。

「ワンちゃんを飼うのは初めてなので、よろしくお願いいたします」

「はい、こちらこそ」

みよちゃんと院長は挨拶をし合った。

「さてと、プリンスか…仲良くしような」

（ケッ！　誰がっ！）僕は心密かに毒づいた。

でも、僕を正面から見据えてニヤリと笑った院長の凄みに全身が震え始めた。どんな痛い事をされるんだろう？　駄目だ、震えが止まらない…。

「みよちゃん、やばいよ。助けて！」

「みんなやっている事なんだから大丈夫よ」

「僕はデリケートなんだよ。鈍感な奴らと一緒にしないでよ」

「お散歩に行く為よ。チクッとしたらお終いだからね。動いちゃダメよ」

こうなったら情けないとは思うけど、全てが終わるまで固まり続けるしかないと思った。

みよちゃんの腕に戻った時は、全身の力が抜けてグッタリさ。

「えらい、えらい。プリンスよく頑張ったわね」

そう言って、みよちゃんは頬ずりをしてくれた。

「自分で連れて来ておいて、よく言うよ、全く。二度も針を刺されたんだよ。あー、痛かった。最悪だ！」

「はい、はい。ごめんね。帰りにおやつを買ってあげるから機嫌を直して」

おやつは魅力的だけど、簡単に機嫌を直すと癖になるからね、僕は返事をしなかった。

その水澤院長の許可が下りて、ついにお散歩デビューの日を迎えた。行く先々で散歩中の仲間たちに出会った。世の中暇な奴が多いもんだと思ったらさ、外でしか排尿、排便を許可してもらっていない連中もいるんだよ。それじゃ、散歩は欠かせないよね。僕もこの頃には男らしく堂々と片足を上げてオシッコが出来るようになっていたけれど、みよちゃんに「プリンスは家でしなさい」って釘を刺されちゃった。

みよちゃんの「お気に入りのコースが見つかるまで色々と歩いてみましょう」って意見を採用して、毎日、違う道を通ってみた。おかげで友達がたくさんできて、それが後でとっても役に立つ結果に繋がったんだ。

あのね、散歩も好きだけど、やっぱり、夕食後にみよちゃんがしてくれるマッサージが一番好きだなあ。目を瞑(つぶ)っていると、気持ちもゆったりしてきてさ、特別な時間って感じがするんだよね。そんな至福の時を満喫していたら、みよちゃんの携帯電話が鳴った。弘一兄ちゃんからの呼び出し音だ。

「はい、お疲れさま………そう、了解。気を付けてね」

また遅くなるのかな、それとも帰って来ないのかな。

「プリンス、お兄ちゃんまた泊まり込みなんですって。大変ね」

「そう言えば、ケイブホって一体、どんな仕事をしてるの？」

「あら、知らないの？　部下の人達と協力して悪い事をした人間を逮捕するのよ。世の為、人の為になる大切なお仕事よ」

へえ〜、あいつがねえ…。人は見掛けによらないもんだね。

十二月のある日、親友である北海道犬のソラに会ったら、珍しく元気がなかった。飼い主の絵里子さんの表情も冴えない。ソラに理由を聞いてみた。

「昨日の夜、酔って帰って来たパパが財布を落としたんだよ。カードとか大事な物が入っていたんだって」

絵里子さんも、みよちゃんに説明してる。

「すぐ近くまでタクシーに乗って来たって言うのよ。角のイチョウの木の所まで。今朝になって財布がないって言い出して、歩いた所を二人で何度も探したんだけどないのよ…」

みよちゃんが僕を見た。

「取り敢えず、その場所に行ってみようよ」

僕は、みよちゃんに伝えた。

「プリンスは鼻も良いし、勘も鋭いから、試しに探させてみない？」

「そうね。プリンスお願い、見つけて！」

絵里子さんは両手を合わせて拝んだ。

イチョウの木から絵里子さんの家の玄関へ向かって歩いてみた。財布は勿論、これと言って気になる所もなかった。みよちゃんに、昨夜のご主人元紀(もとき)さんの様子を詳しく訊いてくれるように頼んだ。

「そりゃあ、もう、ベロベロに酔ってて、家の中でも下駄箱や廊下の壁にぶつかりながら、やっと歩いていたのよ」

「みよちゃん、家の中も探してみようよ」と言いながら、僕は玄関ドアの前に座った。

みよちゃんが「プリンスが外では反応しなくて、家の中を気にしているみたいなの。中に入ってもいい？」って訊くと、絵里子さんが「もちろんよ」と言いながら、ドアを開けてくれた。

僕は玄関に入ったとたん、下駄箱の下のスキマから匂って来るシャンプーの香りに気付いた。元紀さんは話す時に髪の毛を触る癖があるから、彼の持ち物にはシャンプーの香りが移っているんだ。

僕はそのスキマに向かい吠えた。絵里子さんが、あわててしゃがみ込み、スキマの奥を覗いた。

「有った！　有った、有った。見て！」

こげ茶色の半分に畳(たた)んだ財布が出て来た。

大喜びの絵里子さんと元紀さんが、会う人ごとに僕の事を〈名探偵〉って言いふらしたものだからさ、すっかり有名になっちゃった。

それからはあちらこちらから頼まれて、色々な物を探し出してあげたり、迷子になったお年寄りを見付てあげたりして、みよちゃんと僕の暮らしは忙しくなった。

そうして知り合ったたくさんの人のツテを頼って、二度と会えないと諦めていたママやお姉ちゃん、そして、お兄ちゃんとも連絡が取れて、自由に会えるようになったんだ。メチャ嬉しいよ。


ある日、勤務中の弘一兄ちゃんから僕に電話が来た。

「顔見知りの検事さんから、自宅で見えなくなった物を内密でプリンスに探して欲しいと頼まれたんだ。今から迎えに行くよ」

検事さんって、弘一兄ちゃん達刑事が、逮捕した犯人を裁判にかけるかどうか決めたり、裁判の時にはその罪を証明してくれる人だよね。そんな人の所にまで僕の噂が広まっているなんて…ビックリだな。

一時間後、弘一兄ちゃんと僕は、竹田検事のお宅に着いた。

奥さんに案内されて中に入ると、キッチンのリフォーム中で、大工さんとか業者の人が何人も仕事をしていた。弘一兄ちゃんは親戚みたいな顔をして「あ、どうも、お世話様です」って挨拶をした。

棟梁って呼ばれた人が、夕べ喧嘩した奥さんが、それっきり口をきいてくれなくなった事を悩んでいた。弘一兄ちゃんに、奥さんの好きなスイーツをお土産に買って帰って、夕食後に一緒に食べたらいいよってアドバイスしてあげるように頼んだ。

「棟梁、奥さんのお好きなお菓子をお土産に買って帰って、夕食後にご一緒に召し上がったら、奥さんのご機嫌が直りますよ」

棟梁の手元が狂って、打っていた釘が九十度グンニャリ曲がり柱にめり込んでしまった。

おいおい、いくら的確なアドバイスだって、それなりのタイミングは必要だろ！

頼むぞ、弘一兄ちゃん。

耳まで真っ赤になった棟梁をほったらかして、僕達は検事さんの仕事部屋である書斎に入った。

書斎には竹田検事が居た。

弘一兄ちゃんが、いきなり緊張して、気を付けの姿勢になった。

「長藤警部補、わざわざありがとう。よろしく頼む」

検事の言葉に弘一兄ちゃんが答えた。

「はっ！　全力を尽くします！」

奥さんが口をはさんで来た。

「早速ですけど、今朝、この棚に置いてあった金製の馬の置物がなくなっている事に気付いたんですの。何分(なにぶん)、今は人の出入りが多いでしょう。でも、主人はむやみと人様を疑ってはいけないと申しまして…それで、私、名探偵との噂が高いプリンス君に内密に調べて頂くしかないと思ったんですよ」

「分かりました。では…」

弘一兄ちゃんは、そう言うと、僕を見て頷(うなず)いた。

僕はまず、置物が飾ってあった場所と、その周りの臭いを丁寧に嗅いだ。五人の大人と小さな男の子、そして犬のニオイもした。弘一兄ちゃんを通して最近、この部屋に入った人達のことを奥さんに質問すると、それは検事、奥さん、娘さん夫婦とお孫さん、そしてお手伝いさんと犬のガリレオだって。人数は合う。それ以外の臭いはしなかった。僕の鼻をごまかして置物に近付けるわけはない。ということはこのニオイの持ち主たちの中に犯人が居る…ということだ。

その時、リフォーム工事の責任者が奥さんを呼ぶ声が聞こえた。

「はーい…ちょっと失礼します」

奥さんが出て行くのと入れ違いに、お手伝いさんと散歩に出ていたシェットランド・シープドッグのガリレオが書斎に入って来た。

ガリレオが、僕に気付いて驚いた。

「ギョッ！　おまえ、プリンス？　マジか？」

良いお宅の飼い犬にしちゃ品が悪いな。

「マジだよ、ヨロシク。あのさ、此処に馬の形の置物があったのを知ってる？」

「ああ、確かに、馬の形の置物はあった」

「今、何処にあるか知ってる？」

「潤が持って帰ったんじゃねえの？」

「潤って？」

「孫」

「どうして知ってるの？　詳しく教えて」

「潤が、正義の味方パワーマン人形を、その馬に乗っけて遊んでたし、それっきり馬を見てねえし…」

僕は会話の内容を弘一兄ちゃんに伝えた。兄ちゃんは一瞬、難しい表情で考えている様子だったけれど、思いきったように検事の方に向き直ると説明を始めた。

「プリンスがガリレオくんから聞いた話によりますと、潤君がパワーマン人形を馬の置物に乗せて遊んでいたそうです」

それを聞いた途端、検事は眉間にしわを寄せて（プリンスが、いつ、どうやって長藤に伝えたんだ？）と考えた。でも、丁度戻って来た奥さんに、潤君が持って帰っていないか娘さんに訊いてみるように言ってくれた。

「そんな…」

驚き、言葉を失いながらも、奥さんは娘さんに電話を掛け、スピーカーにしてくれた。

事情を聞いた娘さんが慌てて、傍に居る潤君に確認する声が流れて来た。

「潤、おじいちゃまの家の金のお馬さんで遊んだ?」

「うん、遊んだ」

「遊んだ後、お馬さんどうしたの?」

「…知らない」

「パワーマンはどうしたの?」

「あれはお出掛け用だから、リュックの中」

「リュックを持って来て」

無言のままガサゴソと音だけが聞こえる。リュックの中身を出しているらしい。

「有った! 有った!」

「有った? 良かったあ!」

奥さんは心の底からホッとしていた。

「もしもし、お母さん、潤に代わるわね」

「…おばあちゃま、黙ってお馬さんで遊んでごめんなさい」

幼い弱々しい声が、母親に言われた通りの言葉を繰り返している。

「今度からは気を付けるのよ。じゃあね、バイバイ」

「バイバ〜イ！」

子供らしい元気な声に戻り、その場に居たみんなが、思わず笑顔になった。

「プリンス君とガリレオのおかげだ」検事の言葉に奥さんは「人様にご迷惑を掛けずに置物が見つかって本当に良かったです。プリンス君、ありがとうございます。ガリレオもありがとうね」と言って深く頭を下げ、僕とガリレオに牛の干し肉のおやつを買ってくれるとも言った。ガリレオに説明してやると照れて、長い鼻先で僕を軽く突いた。

検事は腕を組みジッと僕を見続けていた。やがて、彼は僕の前にしゃがみ込むと、体をなでながら「プリンス君ありがとう」と言った。そして、声に出さずに(噂以上だ。しかし、いつ、どんな方法で長藤に伝えているのかが分からない。明日にでも事務所に呼んで訊いてみるしかないな）と考え続けていた。

僕は検事の頭の中に答えた。

「頭の中に直接伝えるんだよ。生まれつきの能力っていうのかな。でも、秘密にしてね」

驚きのあまり、竹田検事は、しゃがんだまま後に倒れて尻餅を着いた。

「長藤くん、こ、これは……」

彼は体勢を整える事も忘れたままで、弘一兄ちゃんを見上げた。

「はっ！　これが、プリンスの特殊能力であります！」

実は、竹田さんって検事の中でも、メチャ偉い人なんだって。翌日、その検事さんから弘一兄ちゃんに電話が来て、僕の能力は事件捜査にこそ役立てるべきだから北海道警察署の本部長に事情を説明して、僕が捜査に参加出来るようにしようと思うけれど了解してくれるねって言われたんだって。

弘一兄ちゃんも常々、僕が事件捜査をしたら凄い結果を残せると思っていたから二つ返事でＯＫしたと言ってた。

この話を聞いたみよちゃんは大喜びで、万歳三唱をしてくれた。

僕の誕生日の七月八日の朝に北海道警察署の本部長室に呼ばれた。その部屋には本部長、竹田検事、それに弘一兄ちゃんと僕しか居なかったから「おはようございます」の挨拶から特殊能力を発揮した。最初は息を吸いながら「おおっ！」とのけ反った本部長も帰る時には満面の笑みで見送ってくれた。で、肝心の首輪授与式、それは特別に作製した首輪を本部長自ら僕に付けてくれたんだ。首輪には警察のマークが入り、その下に丸いプレートに貼られた特命捜査犬プリンスの文字が入った顔写真が付いていた。そして、それは防水性と強度を増すためにラミネート加工っていうのかな、透明のフィルムでしっかりと覆われていた。

これで、弘一兄ちゃん達警察官と一緒に捜査に当たれるんだって。最高の誕生日プレゼントだよ。

みよちゃんが大喜びで、僕も食べられる手作りケーキの前にその首輪と弘一兄ちゃんと僕、二人で撮った写真を並べて飾ってくれた。それがさ、写真を撮る時に弘一兄ちゃんったら、みよちゃんが「はい、笑って」って言った途端、僕の横で四つん這いになって「ワンッ！」って吠えたんだよ。思わず、みよちゃんに「やっぱコイツ馬鹿じゃねえ？」って言ったら睨まれちゃった。

首輪は思っていた以上にカッコ良くて、僕のベッドの横に置いてくれた鏡で何度も見たけれど、その度にウットリしちゃった！　そして、これが僕にとっての新たな旅立ちになったんだ。

早速、翌日から北海道警察の中央署へ出勤した。

捜査一課の部屋に入った途端、大きな部屋に居た大勢の刑事達が一斉に動きを止めて、僕を見た。

「紹介します。特命捜査犬の長藤（ながふじ）プリンスです。よろしくお願いします」

弘一兄ちゃんが、バカみたいにデカイ声で挨拶をした。

竹田検事が推薦して、本部長がただの警察犬ではなく特命捜査犬として任命したという情報は既に署内に知れ渡っていたらしく、みんなが興味津々で、拍手をしながら僕の周りに集まってきた。こういう場合、無視されるのも微妙だけど、ここまでウエルカムされても照れるな…。

その人の輪を抜け進んで行くと、弘一兄ちゃんのニオイが染みついたデスクがあり、その前には、左右五人分ずつのデスクが向かい合わせに並んでいた。

改めて長藤班に紹介してくれた。

「みんな、プリンスって呼んでくれ。よろしく頼む」

在席して居た人達は順に立ち上り自己紹介をして、その後に「こちらこそよろしくお願いします」って挨拶をしてくれた。挨拶が終わると、井上と名乗った若い男が弘一兄ちゃんのデスクに近づいて来た。

「警部補、これ、今日の予定表です」

弘一兄ちゃんを見てはいるけれど、神経は僕に注がれていた。

「ありがとう。井上、連続殺人の資料を全部持って会議室に来てくれ」

「はい」

「プリンス行くぞ」

まん丸に見開いた井上くんの眼が僕を凝視した。

(まさか、犬にこれまでの捜査状況を説明する？　ウソだろ…いくら何でも無理

だって。警部補、しっかりしてくださいよ～）

性格が良く生真面目な井上くんの泣きそうな心の声だ。

会議室で、弘一兄ちゃんが僕に調書を読み聞かせたり、様々な写真を見せて説明していた間も、哀れ井上くんの心は嵐の海に翻弄される小船のようだった。

〈はあ～、どうしよう？　はっきりと『変だ』って言うべきかな？　でも、待てよ、竹田検事と本部長が認めたってことは、普通ではない何かを持っている事は絶対なんだ。でも、犬なんだよ…調書を読み聞かせて理解出来る犬がいるか？　でも〈特命捜査犬〉なんだよな…あー、どう解釈すればいいんだ？　分からない）

「井上、もうちょっと待ってろ。直に僕の実力を見せてやるよ」

僕が井上くんには聞こえないように言うと、弘一兄ちゃんが笑いを噛み殺し、厳しい表情で僕に言った。

「お前のその小生意気な物言い、どうにかしろ。相手は先輩だぞ」

「えっ、自分、何か言いましたか？」

自分に向かって言われたと思った井上くんが狼狽えた。僕に事件の説明をする事にばかり気を取られていた弘一兄ちゃんが大切なことを思い出した。

「そうだ！　井上、先にお前に話しておかなきゃならない事があるんだ。これからは三人というか、二人と一匹で行動する事になるからな。実はな…プリンスは他の動物達とは勿論、人とも声を出さずに会話が出来るし、相手が考えている事も読み取れる特殊な能力を持っているんだ。犯罪者に悪用されたら大変だから、この事は極秘だ。知っているのは、ウチの母親、俺、竹田検事、本部長それと井上お前だけだ。他には絶対に知られないよう頼むぞ」

「はあ？」

井上くんの眼が点になった。

「それに、普通、犬の眼は近眼で白黒でしか見えないと言われているが、プリンスは人と同じように見える。ま、そういう訳で〈特命捜査犬〉として認められるに至ったんだ」

「はい、そういう事なんですよ。井上先輩、よろしくお願いしまーす」

僕は井上くんの頭の中に伝えた。

「えっ？　あの、ええっ？　ええっ？」

井上くんはすっかり言葉を失い、茫然自失の体だった。

そして、その後も井上くんは、まるで地球外生物でも目の当たりにしてしまったかのように、怖いもの見たさって言うのかな、事件の説明を聞き続ける僕から目を離すことが出来なくなってしまった。

「井上くん、その内慣れるから気にするな」

親切心から掛けた僕の一言が、彼をKOしちゃった。井上くんは頭を抱え、崩れるようにうずくまってしまった。

慌てた弘一兄ちゃんが、彼を抱きかかえて壁際のソファーに寝かせた。

ドンドンドンッ！　その時、誰かが会議室のドアを壊そうとした。

「どうぞ」弘一兄ちゃんが応えた…ノックだったらしい。ずんぐりむっくりを絵に描いた様な男が、飛び込んで来た。

「警部補、以前、刑事だった頃の黄川さんに逮捕されたことを今でも恨んでいる男がいるとの情報を掴みましたので、これから確認に行ってきます」

「分かった。他のガイシャとの関係も調べてくれ」

「はいっ」

返事はしたものの出て行く気配は無い。僕が気になって仕方がないのは気持ちを読むまでも無かった。何故って、部屋に入って来た時から視線が僕にロックオンされたままなんだもん。

「あ、ごっつぁんには紹介まだだったな。これから特命捜査犬として一緒に仕事をすることになったプリンスだ、よろしく頼む。プリンス、後藤巡査だ。大学時代は相撲部だったから、通称『ごっつぁん』、頼りになる先輩だぞ」

弘一兄ちゃんは先輩って部分に力を込めて紹介した。

後藤巡査は蹲踞(そんきょ)の姿勢になると、僕をクシャクシャしながら、妙に甘ったるい声を掛けて来た。

「おお、プリン、ヨシヨシ、良い子だなあ。仲良くしような。そうだ、お前におやつを買ってやる。ジャーキーか？　まさかプリンじゃねえよな。アッハッハ…。その時は『ごっつぁんです』って言うんだぞ。ガッハッハ…」

こいつは底抜けのバカか？

さすがに弘一兄ちゃんもポイントだけ訂正を入れてくれた。

「ごっつぁん、プリンじゃなくプリンスだ。覚えてくれ」

「あ、すいません。最初に聞いた時、旨そうな名前だなって思っちゃったもんですから…王子様まで行くんですね。了解です」

行くとか、行かねえの問題じゃないだろ。

それから、ごっつぁんは「王子様、王子様、王子様…」と念仏でも唱えるように呟きながら部屋を出て行った。どうせ呟くんならストレートに「プリンス、プリンス…」だろ。

取り敢えず、コミュニケーションが取れた部下二人…共に性格は悪くない…とは言え長藤班は大丈夫かなあ？

兎にも角にも、僕が事件を解決すれば僕を特命捜査犬にしてくれた方達への恩返しにもなるしさ、頑張ろう！

「ヨシッ、井上、現場の確認に行くぞ」

「は、はい」

うつろな視線で成り行きを傍観していた井上くんも弘一兄ちゃんに名前を呼ばれ、やっと現世に戻ってきた様だ。

意外にも井上くんは運転が上手かった。

第一の現場へ向かう途中、僕は自分なりに事件をまとめてみた。

三件の連続殺人事件

一、四月七日午後十一時半～午前一時
　古堀（ふるほり）やすみ　二十二歳　女性
　家電量販店勤務（派遣社員）
　刺殺…正面から心臓を一突き

二、四月二十四日午前一時～午前三時
　柄次兆一（えじちょういち）　三十五歳　男性
　大志田病院勤務（看護師）
　刺殺…背中から肺に達する刺し傷

三、六月十日午後十一時～十一時半
黄川（きせん）　烈（れつ）　六十二歳　男性
警備会社勤務（元西警察署刑事）
撲殺…コンクリートブロックで殴打

ええっと、弘一兄ちゃんの説明によると…。これ等が連続殺人事件とされたのは、現場に同じゲソコンが残されていた為だ。二十五・五センチの某有名メーカーのスニーカー。ただ、人気がある品だけに出回っている数も半端でなく、そちらの線からの絞り込みは可能性が薄いと思われていた。一方、三か所の現場付近の防犯カメラに古我芳人（こがよしと）　四十三歳　大学の統計学准教授の姿が確認された。しかし、少なくとも二件の犯行時刻についてのアリバイがあり、捜査も二の足を踏んでいる状態だった。

「プリンス、第一現場に着いたぞ」

そこは北四十条にある住宅街に囲まれた子供用の遊具が設置されているサザナミ公園だった。看板には、砂場には犬を入れないようにって書いてあるんだって。人の迷惑を考えない飼い主が悪いんだよね。

そこで、二十二歳の女性が正面から心臓を一突きされて亡くなった。遺体は俯せで、流れ出た大量の血液が地面深く浸み込んでいたそうだ。争った形跡はなく、奪われた所持品もない。あくまでも殺しが目的と思われた。

職場の人達に聞き込んでも、真面目な仕事振りで他人から恨まれていた様子はなかった。事件当夜は友人三人との飲み会で、いつも通り楽しそうな様子だったとのことである。

二件目の現場は西区二十四軒の病院の傍、三件目はまた北区で新川にある公園の中。

勿論、どの現場も既に遺体もないし、犯人に結び付く痕跡も消えていたけれど、事件捜査が初めての僕にとっては、写真と実際の現場を見比べながら説明を聞くことで、状況がより鮮明に頭に入って来た。

気の毒だったのは、生真面目過ぎる井上くん。僕は常に弘一兄ちゃんと井上くん、二人に話し掛ける様にしていたんだけど、この短時間ではどうしても、この世に人と会話出来る犬が存在するという事実を受け入れられなかった彼は、僕が話す度に心の葛藤で体がビクッと震えていた。

結果、初めての経験に疲労困憊した彼は、帰りの車の中で、何度も何度も大きなため息をつき、大あくびを繰り返していた事に自分では気が付かなかったみたい。

井上くん、馴れりゃどうって事ねえから大丈夫、気にするなって。

署に戻ると今度は鑑識の部屋へ行って現場から採取した物、持ち帰った物を確認した。

その中で、第三の現場で見つかった頭部を殴打した凶器のコンクリートブロックをビニール袋から出して見せてくれた時、微かだけどアルコールの臭いを感じた。

「アルコール？　酒か？」

「弘一兄ちゃんがいつも飲んでいる奴だよ」

「焼酎か？」

「僕が飲んでいる訳じゃないから種類までは分かんないよ」

「井上、焼酎を買って来い。小春日和と…あと売れ筋を十種類くらい買って来い」

三十分程して、井上くんは額に汗をにじませ二十本もの焼酎の瓶を提げて帰って来た。

コイツは数も数えられないのか？

「いや〜、店の人がどれも甲乙付け難く売れていますって言うもんだから…」

弘一兄ちゃんは鷹揚な上司だね。

「まあいい。プリンス、酔ったら大変だから離れて嗅げよ」

弘一兄ちゃんは一本ずつ栓を開け、香りを浮き立たせるように慎重に瓶を上下左右に振った。九本目を嗅いだ時、これだっ！と確信した。なのにさ、井上の奴が
「折角買って来たんだから、一応、全部嗅いでみてください」なんて言いやがんの。

「弘一兄ちゃん、必要ないよ。コレだって」

「でも、プリンス、井上は今日信じられない経験をして大変だったんだ。ここは一つ彼の言う通りにしてやろう」

長藤警部補のありがたい言葉に井上くんは何度も頷いた。

そんな訳で二十本全部嗅がされてさ、酔いはしなかったけれど、鼻につく臭いば

かりだった。そして、やっぱり九本目の〈正義〉って書いて〈まさよし〉って読む焼酎だったよ。

だから言ったのに…これからは無駄な時間を使うのは止めようぜ。

もうすっかり夜なのに弘一兄ちゃんは、部下達に色分けした地図を渡し指示を出した。

「今夜から手分けして、黄川さんの殺害現場付近の酒を扱っている店全てを当たって〈正義〉を飲んだ者、買った者を捜してくれ。一応、古我の写真も見せて確認するのも忘れるな。緊急以外の報告は明朝聞く」

みんな一斉に動き出した。だから、弘一兄ちゃんの帰りが遅かったんだと理解出来た。

当然、僕もまた井上くんの運転で出掛けると思った。

「井上、お前はごっつぁんのチームに同行しろ」

「はいっ」

井上くんは妙に張り切って、鼻の穴を膨らませて出掛けて行ったけど、もしかして僕と別行動になって嬉しいってこと？　ほぉ〜、そう言う事なら僕も態度を考えちゃうよ。

「プリンス、初日だからな、お互いに色々あるさ。お前だって疲れただろ。さ、帰ろう」

「えっ、部下をほっといて帰るの？」

「大丈夫。心配ない」

そう言うと、素早く帰り支度をした。

「みよちゃーん、ただいまー」

僕は吠えた。

「はいはーい、おかえりなさーい」

みよちゃんが、走って来て玄関を開けてくれた。

そして「プリンス、お疲れさま」って言いながら抱っこしてくれた。「みよちゃん、会いたかったよお」彼女の肩に顔をスリスリしながら、その匂いを胸いっぱいに吸い込んだ。植物系の甘い匂いで、緊張が解(ほぐ)れていくのを感じた。

「弘ちゃん、皆さんの反応どうだった？」

「ああ、最初はあんなもんだろ。実力を発揮するのはこれからだよ」

自覚はなかったけれど、僕も相当に疲れていたみたいで、みよちゃに足を洗ってもらってから食事をして、その後ブラッシングをしてもらっている内に、うつらうつらしちゃってさ、そのまま朝まで眠ってしまったよ。もっと、いっぱいみよちゃんに抱っこしてもらいたかったのに…。

翌日も焼酎〈正義〉に関する聞き込み捜査は続いた。

「ヨシッ、俺達も行こう」

弘一兄ちゃんの言葉に、井上くんも席を立った。

僕は考えていた事を言ってみた。

「先にソラに会いに連れて行ってくれないかな」

「どうして？」

「現場付近の犬達に顔を繋（つな）ぎたいんだよ。ソラから散歩仲間のツテを頼って挨拶を入れてもらうのが、一番確かだと思うんだ」

「なんだ、犬の世界にも仁義をきるような真似が必要なのか？」

「シビアなもんさ」

「お前って、本気で笑えるくらい小生意気だよな」

弘一兄ちゃんは小さく首を振り、込み上げる笑いを堪えながらも、井上くんに絵里子さんの家の方へ向かうように言ってくれた。

ソラは本当にイイ奴なんだ。意地悪なところが少しも無くて、屈託のない顔を見ているだけで気持ちがホッとする。親友だ。

絵里子さんの家の玄関チャイムを押すと、吠えながら走って来る音が聞こえた。

相変わらず騒がしい奴だぜ。

絵里子さんが「ステイ！　ソラ、ステイよ」ソラの声に負けない大声で指示をしてからドアを開けた。

既に、弘一兄ちゃんの存在を感じていたのだろう。ソラは絵里子さんの足の間から首を伸ばして、弘一兄ちゃんの顔を見上げた。

「ソラ、紹介するよ。弘一兄ちゃんだ。なあ、バカみたいにデカイだろ」

「本当だあ…すげえ！」

ソラは僕の話を聞きながらも、弘一兄ちゃんの周りをグルグル回り続けては臭いを嗅いでいた。

「いいなあ、プリンス。こんな変な兄ちゃんが居て」

「まあな、見てる分には飽きねえよ。顔繋ぎの件、宜しく頼むな」

「おお、任せておけ。明日までには札幌中、十日もありゃ、北海道中の犬が〈特命捜査犬パピヨンのプリンス〉の名前を知る事になるぞ。ア〜、カッコイイ、ワクワクするぜ！」

ソラは思いっきり体をブルブルブルッと振った。


刑事の仕事は靴底を減らしてなんぼって言うけれど、本当だね。

焼酎についての聞き込み位すぐに結果が出ると思ったけれど、何せ昨日今日の話じゃないからさ、相手の記憶も曖昧で前後の事も含めて質問して記憶を呼び起こしてもらったり、帳簿を調べてもらったり、それに、お客さんが居たら当然そっちが優先だしね。

そんな状況の中で、あるチームが凄い手掛かりを掴んできた。なんと、ごっつぁんのチームなんだ。直ぐには信じられなかったね。

その店、堀川商店は黄川(きせん)さんの殺害現場から徒歩で五分ほど離れた場所にある酒類を中心に飲み物、缶詰、珍味、子供向けのちょっとした菓子類しか置いていない老夫婦でやっている昔ながらの小さな店だった。

客層はご近所さん限定と言ってもいいその店に、事件の夜、店仕舞いをしようと思っていた午後十時半過ぎ、スーツの上にコートを着て、マスクを掛けた男が入って来た。男はペットボトル入りの水と焼酎が並んだ棚から〈正義〉をつかみ取り、無言のまま金を払い出て行ったっていう話。

店内にも、店の周辺にも防犯カメラは設置されてないから、応対したご主人の記憶だけが頼りだったんだけれど、それがさ、お年寄りとはいえ長年客商売をしてきた人は凄いね。

意外にもその記憶は鮮明で、ごっつぁんも感心したって。もっとも、僕なら、あのごっつぁんに感心されても嬉しかねえけど…。

ま、ともかく、その男は身長が百七十～百七十五センチ、中肉で、紺地にグレーの水玉模様のネクタイをしていた。ネクタイはそのご主人も似たのを持っているから印象に残ったんだって。

一応、古我芳人さんの写真を見てもらったところ、その客はずっと伏し目がちで顔をはっきりと見た訳では無いけれど、全体的な雰囲気は似ている様な気がするって答えたそうなんだ。

やっぱり彼をマークすべきだというのが捜査員たち大半の意見となった。でも、弘一兄ちゃんは、いま一つ得心（とくしん）がいかないみたい。

「弘一兄ちゃん、僕をその人に会わせてよ」

「そうだな、それがいいな。ヨシ、行こう」

班内での打合せの後、僕等は井上くんの運転で古我芳人さんが勤務する大学へと向かった。

大学の駐車場の横には、緑色の金網フェンスで囲まれた大きなドッグランがあった。

みんな楽しそうに走り回っている。

車を降りて建物へ向かい歩き出した時、大声で呼び掛けられた。

「おい、パピヨン、お前が特命捜査犬のプリンスか？」

振り向くと、ボクサーが金網に顔を押し付けて僕を見ていた。

「そうだよ！　世話になるけどよろしく頼む」

僕達の会話を聞きつけ、十匹近くの犬が集まって来た。

「えっ、プリンスだって、本物か？」

「イエイ、イエイ、いきなりご対面かよ。やったぜ！」

「遠慮しないで何でも訊いてね」

今朝、ソラに頼んだばかりだよ。犬の連絡網ってスゲエッ！

僕達は金網の所へ行き、六月十日の夜の事を尋ねた。

「えっ、六月十日っていつ？　分かんない…」

「古過ぎて忘れちゃったよ」

そりゃ一か月以上前の事だものな。日記を付けている犬なんて聞いた事がないし…。

「はいはいはい、思い出しましたわ。ウチのママのお誕生日だったのに、パパが酔って遅く帰って来て喧嘩になった日よ。ほら、夕方に一時スコールみたいな大雨が降って、散歩していた子達がずぶ濡れになったって言ってましたざましょう」

上品そうなトイプードルのおば様の言葉に柴犬が反応した。

「ア〜、なんか思い出しそう。確か、あの晩遅くに俺すご一く気になった事があったんじゃなかったかな…胸騒ぎって言うか…それから、そうだ、いつもの恐ろしい臭いもした」

「恐ろしいって、お化けとか？　俺、そういう話は駄目。止めてくれよ」

スタンダード・シュナウザーが後退りしながら言った。

「そんなんじゃないよ。人間の心の恐ろしさっていうのかなあ…」

「それだよ！　人間の心の恐ろしさだよ！　詳しく教えて。君の名前は？　家は何処？」

柴犬の名前はシバだった…安直過ぎだろ。

でも、家はドンピシャリ、黄川さんの殺害現場近くだ。

「あの夜、俺、早く寝たんだけどさ、西からいつもの恐ろしい臭いが近づいて来て目が覚めて、しばらく胸騒ぎが治まらなくてウトウトしていたらさ、そのうち、今度はその臭いが東から西へ流れて行ったと思うんだけど…他にも何かあったようだな…」

その時、訳も分からず沈黙しているじれったさに耐えかねた井上くんが、囁くように弘一兄ちゃんに問い掛けた。

「すみません。警部補、今はどういう状況なんでしょうか？　自分はまだ黙っていた方がいいんですよね」

「うん、もう少し待て。プリンスが此処に居る犬達から事件当夜の情報を集めているところだ」

「ええっ？　そんな事をしてるんですか…へえ〜」

井上くんの僕達を見る眼が変わった。

僕はシバとの会話を続けた。

「いつもの恐ろしい臭いって言ったよね、どういうこと？」

「此処に居ると、時々なんて言えばいいか分からない恐ろしい臭いがするんだよ」

「それ分かるわ。悪い人間の…男の臭いだと思うのよね」

ゴールデン・レトリーバーのナンシーが大きく頷いた。

「男だね。年齢は？　どんな時に臭った？　どっちから流れて来た？　他に特徴ない？」

「さあ、どうだったかなあ…いつも遊んでる最中だし…ええっと、ええっと…」

「あ、ごめん、シバ。焦らなくていいよ。そうだ、深呼吸をしてみよう。さあ、肩の力を抜いて大きく息を吸って、大きく…そう、上手だよ…次はゆっくり吐いて…ゆっくりね。もう一度繰り返してみよう…ほら、だんだん頭が冴えて来ただろう」

他の犬達が一緒になって深呼吸しているのは分かるよ。でも、どうして井上くんまでつられて深呼吸してんのかな？　付き合い良過ぎじゃない？

「思い出した！　靴！　あれは小さい靴を無理して履いてる靴音だった。うん、間違いない！　あの夜、恐ろしい臭いの男が小さい靴を履いてウチの前を往復したんだ。年齢までは分からないな。ここでは臭う日と臭わない日があるんだ。俺も毎日来てるわけじゃないけど…」

「ここではね、駐車場とか校舎の方から臭って来るのよ。時間は決まってないわ」

「シバ、ナンシー、ありがとう。すんげえ参考になったよ。みんなも何か気付いた事や、変だと思う事があったら、月寒東(つきさむひがし)に住んでる北海道犬のソラってのに連絡して欲しいんだ。この事をまた連絡網でまわしてくれるかな」

「分かったよ！」

「何だか面白くなってきたわね」

「みんな、これからは緊張感を持って生活しようぜ」

盛り上がっている皆と別れ、歩き出しながら僕は今聞いた内容を弘一兄ちゃんと井上くんに伝えた。

「小さい靴を無理して履いていたって？」

弘一兄ちゃんは難しい表情で僕を見た。

「えっ、あの犬達がそんな事を言ってたんですか？　本当に？」

井上くんの足が止まり、金網越しにこちらを見続けている犬達を振り返った。

「犬が…まさか…」

弘一兄ちゃんが、わざと大きめの声を出した。

「井上、古我さんには連絡してあるんだろうな」

「あ、はい、この時間は研究室に居るそうです」

一応、返事はしたものの、犬達の事が気になって仕方がないのだろう。彼は校舎に入るまで何度も振り返っていた。

一階にある統計学研究室に顔を出すと、古我さんが慌てて席を立って来た。

「こちらへ…」

黙ったまま廊下を進むと、ある部屋のドアを開け、入るように促した。よく言えば書庫、もっと的確に言えば物置のような部屋だった。

古我さんは怒りで震える声で抗議し始めた。

「本当に迷惑なんですよ！　私は無実です。誰も殺していません。何度訊かれても返事は同じです。それに私は准教授になったばかりで周りからも注目されている大事な時なんです。こんな無実の罪で疑われるのは困るんです、本当に。二度と来ないでください」

彼は紅潮した顔で一気に言った。

「あのさ、この人、本当に迷惑がっているだけだよ」

弘一兄ちゃんは僕をチラッと見てから、古我さんに言った。

「色々とご迷惑をお掛けして申し訳ありません。なにぶん事件現場付近の防犯カメラに古我さんの姿が写っていたものですから、何度もお話を伺う事になりました。全ての可能性を一つずつ潰して真犯人を逮捕するのが私共の仕事なものですから、ご理解ください。あ、自分は長藤と申します。何か思い出された事がありましたらご連絡をお願いします」

弘一兄ちゃんは名刺を渡した。

古我さんは弘一兄ちゃんの丁寧な言動に、ちょっと戸惑った様子で受け取った名刺を見た。今までの刑事達は、さぞや頭ごなしだったのだろう。

「警部補…」

改めて弘一兄ちゃんの顔を見上げ、それから、やっと僕の存在に気付いた。

「こんな小さな警察犬もいるんですか？」

「いいえ、日本初の特命捜査犬です」

古我さんはしゃがみ込み自分の掌の臭いを嗅がせてくれた。犬に馴れているんだ。僕も尻尾を振って答えた。

「へえー、特命捜査犬ですか、カッコイイ首輪だね。日本もそういう時代になったんだ。プリンスくん、パイオニアだな、凄いなあ！　頑張れよ」

僕をなでる古我さんの表情は柔らかい。気持ちが落ち着いて来たのだろう。その時、彼が首から下げているブザーが鳴った。

「あ、すみません。研究室からの呼び出しなので…ちょっと待っていてください」

一礼すると、部屋を出て行った。僕は二人に断言した。

「彼は人を殺してないよ。これは間違いない。それよりジュンキョウジュって何？」

「警部補みたいなもんかな」

「どうしたらなれるの？」

「自分が研究したことを論文っていう早く言えば難しい作文みたいものだな。それを書いて、上司が昇進に値するって認めてくれたらなれるんじゃないかな。詳しくは分からないけど」

「ふ〜ん。じゃ、今回は古我さんの研究が認められたんだ。他の人は論文を書かなかったの？」

「そんな事まで俺が知っている訳ない…まてよ、井上、今回彼が准教授になった時の経緯は調べたか？」

「いいえ、どのチームも調べていないと思います」

「調べなきゃ駄目だ。彼を逆恨みしている奴がいるかもしれない」

そこで僕が口をはさんだ。

「だったら、まず古我さんに心当たりを訊いてみたら？」

こういうのをナイスなアドバイスって言うんだよね。

古我さんが急ぎ足で、白衣の裾をなびかせながら戻って来た。

弘一兄ちゃんは少し焦り気味に尋ねた。

「もう少しいいですか。准教授になられた時にライバルというか、競争みたいなものはなかったのですか？」

「そうですねえ、今回は自分も含め四人が論文を提出しました。その内二人は其々（それぞれ）全く違うテーマでした。一人だけ私と似たテーマでしたけれど…」

「古我さんが選ばれた時の三人の反応は？」

「表面的には皆祝福してくれました」

「その三人の名前と、審査されたのは教授ですよね…その方達のお名前も教えてください。勿論、ご迷惑は掛からないように気を付けますから」

古我さんは唇を真一文字に結び、鼻からフウーっと息を吐きながら小さく頷いた。

「長藤さんが事情聴取に行ってくださいね。それと、必ず先にアポを取ってください。お願いします」

それから、皆の名前と居場所を教えてくれた。

翌日はアポが取れた教授達へ会いに行った。

まずは最古参の前池教授を訪ねた。部屋へ入り、自己紹介を終えると、弘一兄ちゃんは世間話のように明るく話し始めた。

「いや、全く仕事とはいえ古我先生には本当にご迷惑をお掛けしてしまいました。刑事が会いに来ただけで、周囲には誤解の種を蒔いてしまいますからね。本当に申し訳ない事です」

「というと、古我君への疑いは晴れたのですか？」

「そもそも疑いではなくて、参考になる情報があればと思い伺っていただけの事です。現場付近の防犯カメラに映っていた皆さん全員にご協力を願っているだけなんですよ」

「そういう事でしたか。実は内心、心配していました。良かった、良かった。彼は前途有望でね、私も期待しているんです」

「それで、教授にお尋ねしたいのは、今回、古我先生の論文が選ばれた理由です。どう優れていたのでしょう？」

「うーん…まず古我君が選んだテーマは新鮮というか、斬新でしたね。もう一人、間波という講師が似たテーマを扱っていましたけれど、内容は古我君の物に遠く及びませんでした。古我君のは時間を掛けて、丁寧にデーターを集め解りやすくまとめてありました。近年にない上質の論文でしたよ」

「なるほど、自分達なんて走り回るしか能がありませんでね、報告書を書くので精一杯ですよ。ええっと、他に論文を提出されたのは、間波さんと…」

「油木君、門前君です」

「その御三方が、古我先生を逆恨みするというような可能性はないでしょうか？」

「はっ？　まさか…そりゃ、チャンスを掴めなかったのですからショックはあるでしょう。でも、古我君の論文を読んだら、彼等だって納得したと思いますよ」

「そうですか。その先生方にもお話を伺いたいのですが」

「良いですよ。すぐに、私から連絡しておきましょう」

「よろしくお願い致します。お時間を取っていただきましてありがとうございました」

次に会いに行った白石教授は、僕を一目見るなり視線がロックオンされた。そして、すぐに立ち上がると僕の前に歩いて来た。弘一兄ちゃんに抱っこしてもいいか訊き、慣れた手つきで僕を抱き上げた。それから無意識に、まるで習慣のように僕をなでながら、古我さんの論文を選んだ理由について答えてくれた。

「此処だけの話、私は油木君から相談を受けていたので、人情としては油木君を応援していましたよ。でも、前池教授が古我君の論文をあそこまで褒めちぎったら、私としても同意するしかないじゃないですか。ま、確かに読み応えのある内容でしたからね、文句の付けようもありませんけど…。ウチにも以前、この子によく似た子が居たんですよ」

彼はそう言うと、愛おしそうに僕に頬ずりしてきた。その感触が亡くなった子を思い出させたのだろう。彼の心に涙が湧いて来た。

「アルって名前だったんです。パピヨンはマリー・アントワネットが飼っていたフランス出身の犬だって聞いていたのでね。アルセーヌ・ルパンにあやかったんです。この子みたいにフワフワの毛並みでね…妻と私にとっては、かけがえのない〈我が子〉で…」

悲しみが甦って来て言葉に詰まった彼は、僕の体に顔を押し付けてきた。

一分近くもそのままでいた。やっと顔を上げると、咳払いをして、僕を床に降ろした。

首輪を見て「プリンス、特命捜査犬…ええっ？」

弘一兄ちゃんが説明した。

「日本初の捜査犬です」

「へえ〜、日本初…すごいなあ！　でも、こんなに小さいのに…いいか、怪我をしないように悪い奴が居たらすぐ逃げるんだぞ。無理するなよ」

そう言って、もう一度なでなでしてくれた。

「かけがえのない我が子か…そういうものなんですかねえ…」

白石教授の部屋から出た途端、井上くんが、しみじみとした声で呟いた。

そして、最後に会った平岩教授はある意味、興味深かった。

ドアノブに〈ノックは無用。入室自由〉と書かれた札が下がっていたので、弘一兄ちゃんがドアを開けて声を掛けると、平岩教授は椅子の上でビクッと飛び跳ねた。

「あっ、驚かせてしまってすみません」

「いやいや、良いんだ。構わないよ。ノックの音じゃ気が付かない事も多いからね…ええっと、きみは誰だったかな？」

「昨日お電話を差し上げた中央署の長藤と申します」

弘一兄ちゃんが警察手帳を提示しながら本題を切り出した。

「古我君の論文？　…あー、あれは面白かったね。彼が准教授になったの。ほおー、それは良かった。うん、うん」

「平岩教授も審査員のお一人でしたよね」

弘一兄ちゃんが念を押した。

「あ、そうだった。申し訳ない、今は自分の研究の事で頭が一杯なものでしてね。そう、そう、そういう事がありましたよ。古我君の論文は面白く読ませてもらったなあ…彼が准教授、うん、僕は良いと思うな」

彼はにこやかに頷くと、満足げな表情で僕らを見回した。

平岩教授の部屋のドアを閉めた井上くんが、自分の太ももを叩きながら笑い転げた。

「あー、笑うのを我慢して死ぬかと思った。ああいう浮世離れした教授が自分の大学にも居たんですよ。あー、たまんねえなあ！」

弘一兄ちゃんもニヤニヤしながら足早に廊下を進んで行った。

統計学研究室に顔を出してみると、門前、油木両講師が居た。僕達を見ると門前講師が立ち上がり、わざと周りに聞こえるように声を掛けて来た。

「教授からご連絡を頂きましたけれど、警察の方が一体私達に何の御用でしょうか？」

弘一兄ちゃんは逆に小さな声で答えた。

「古我さんが准教授に選ばれた事を、お二人はどう思っていらっしゃるのか伺いたいと思いまして」

二人は迷惑そうに目配せし合うと、黙って廊下へ出て来た。

「どういうことですか？」

油木講師が弘一兄ちゃんを睨み上げ、きつい調子で訊いて来た。

その時、弘一兄ちゃんの携帯電話が鳴った。

「ちょっと失礼します」と言って、その場から数歩離れると電話に出た。

僕の耳には相手の、ごっつぁんの言葉が、はっきりと聞き取れた。

「警部補、たった今、堀川商店の主人から電話が来て、焼酎を買って行った客がスニーカーを履いていたのを思い出したそうです。ちぐはぐな組み合わせだと思ったので間違いないと言ってました」

電話を切り、振り返った弘一兄ちゃんは改めて小柄な油木と長身の門前を見た。

「お二人のスニーカーのサイズを教えてください」

「はっ？　このスニーカーですか？」

拍子抜けした二人は戸惑いながら、互いのスニーカーを見比べ合った。

「二十四…いや、二十四・五センチですけど」

油木は小柄な事にコンプレックスを感じているようだ。

「僕は二十八センチです…」

長身の門前講師は言葉を続けた。

「私たちの靴のサイズと、古我先生の准教授昇進にどんな関係があるんですか？」

「では、改めて伺います。古我さんが選ばれた事をどう思われますか？」

「どうもこうも有りません。教授の方々のご判断ですから」

門前が投げやりな物言いをした。

弘一兄ちゃんが、油木に視線を移した。

「そうとしか答えようがないでしょう」

いかにも不満げな答えが返って来た。

弘一兄ちゃんが僕を見た。

「二人とも不満で一杯だけど、連続殺人を犯す度胸はないよ」

僕も弘一兄ちゃんを見上げて、そう伝えた。

小さく頷いた兄ちゃんは二人に言った。

「ご協力ありがとうございました。では、これで失礼します。あ、古我先生はどちらでしょうかね？」

「准教授サマは授業中です」

「我々講師とは違ってお忙しいんですよ」

何とも嫌味な連中だ。

その時、よせばいいのに井上くんが横から口を出した。人間同士の会話が続き、気が緩（ゆる）んだのかもしれない。

「お二人ともお若いんですから、またチャンスが来ますよ」

途端に二人の表情が、鬼のように険しくなった。

「そんな甘いものじゃないんだ。分かった風な事を言うな！」

「君なんかに研究者社会の厳しさが理解出来るとでも言うのか！」

門前と油木は井上くんを睨み付け、心の中の澱（よど）んだ不満を吐き捨てるように毒づいた。

「あ、すみません」

圧倒された井上くんは身を縮め、ペコリと頭を下げ謝った。

僕は両講師が去っていくのを目の端で見ながら、しょんぼりと俯く井上くんの前に進み出てお座りをした。井上くんは無意識にしゃがみ込み、僕の体に両手を伸ばしてきた。僕がその手を舐め、尻尾を振ると、彼はハッとして僕の眼を見た。そして、初めて僕を抱き上げた。

「プリンス、ありがとう。俺たち相棒になれるかな？」

「もうなってるだろ。僕を頼っていいぞ！」

「あー、また生意気な口をきいてる。俺の方が先輩なんだからな…こいつめ」

なあんて言いながら、僕の体に顔をスリスリ擦りつけた。

弘一兄ちゃんが、難しい表情で言った。

「こうなったら、古我さんのスニーカーのサイズが問題だな…」

その時、授業を終えた古我さんが戻って来た。僕等を見ると、一瞬眉間にしわを寄せた。

「まだ私に何か御用ですか？」

硬い声で弘一兄ちゃんにそう訊きながらも、しゃがみ込むと笑顔で僕をなでてくれた。

弘一兄ちゃんの声は焦っていた。

「古我さん、スニーカーのサイズを教えて下さい」

「はっ？　スニーカー？　ええっと、二十五・五センチですけど…」

「二十五・五…。古我さん、すみません、貴方を疑っている訳では無いんですけれど、スニーカーを二〜三日お貸し願えませんでしょうか？」

「まあ、構いませんけど…どうせ、理由を訊いても捜査中だから話せないって言うんですよね。こちらには同じことを何度も根掘り葉掘り訊くくせにね…長藤さんに愚痴っても仕方がないか。履き替えて来ます。ちょっと待っていてください」

間もなくスニーカーを入れたビニール袋を提げて戻って来た。

出張中の間波講師は明後日出勤予定と聞き、僕達は署に戻ることにした。

署に戻ると、早速スニーカーを鑑識へ持って行き現場に残っていた靴跡との照合を依頼した。

僕が鑑識の部屋へ入って行くと、周りにはすぐに人の輪が出来た。

ハリネズミみたいな髪型の男が「おー、井上くん、プリンスとは仲良くなれたのか？」って、ひやかす様に声を掛けて来た。

井上くんが調子に乗って「当たり前だろ。俺たちは相棒だから、言う事を何でも理解してくれるんだ。見ててよ」なんて自慢してさ、離れた床の上に幾つか持ち物を置いてくると「プリンス、免許証を持って来て下さい」って言った。仕方なく持って来てやると、今度は「次は中身の詰まった財布を持って来て欲しいな」って言うもんだからさ、僕はそっぽを向いてやった。「ごめん。中身の入っていない財布を持って来て下さい」って言い直したから僕がすぐに持って来てやると、みんな大うけで「凄い！　井上さんの言葉を完全に理解出来るんですね」「頭が良いなあ。コンビでテレビに出られるんじゃないですか」なあんて盛り上がっていたら、弘一兄ちゃんと話し込んでいた課長さんに「お前らうるさい。仕事しろ」って怒られちゃった。

結果はすぐに出た。

先程の課長自ら捜一の部屋に駆け込んで来た。

「警部補、合致しました！　見て下さい」

部屋に居た人達が一斉に弘一兄ちゃんの元へ走り寄って来る中、井上くんが素早く僕を抱き上げてくれた。

二枚の用紙にプリントアウトされた靴底裏の模様は、まさに細かい傷跡までがピッタリ同じだった。

「やったあ！」

井上くんと僕は同時に叫んだ。

ごっつぁんが、人をかき分け弘一兄ちゃんの前へ出て来た。

「警部補、コレが古我の無実を証明するっていう事は、結局、犯人は誰なんですか？　小さな靴を無理して履いていたとすると門前ですか？」

隣の班の人が答えた。

「いや、二十八センチの人間が二十五・五を履くのは、いくらなんでも無理だろう」

あちらこちらから声が上がった。

ついに得た大きな手掛かりに一課は活気付き、捜査員達は防犯カメラに映っていた者の中からアリバイの有る者たちを除き、靴のサイズを確認すべく走り回ることになった。

刑事の仕事って、本当に地道な作業の積み重ねなんだね。

そして翌々日、古我さんのスニーカーを持ち僕らは出掛けた。

まず、二件目の被害者である柄次兆一(えじちょういち)さんが勤務していた病院へ寄り、大学の関係者で患者として通院したことのある人達の記録をチェックした。

「この人達の足のサイズを訊いてくるのも忘れるなよ」

弘一兄ちゃんが念を押した。

その後、大学へ向かう途中、井上くんが電話で間波講師が出勤しているのを確認した。

ドッグランに居た連中に挨拶をしてから玄関を入ると、待ち合わせたみたいに古我さんに出会った。お礼を言ってスニーカーを返した。多分、前池教授から疑いが晴れた事を聞いたのだろう。表情がすっかり明るくなっていた。

それから、お馴染みになりつつある統計学研究室のドアを開けると、学生たちが集まり話し込んでいた。

僕たちを見ると、その中の一人が弘一兄ちゃんに声を掛けて来た。

「あ、刑事さん、古我先生の容疑が晴れたって本当ですか？」

「容疑とは大袈裟（おおげさ）ですね。刑事ドラマの見過ぎかな。いずれにしても、古我先生には何の疑いもありませんよ」

女の子が勢い込んで話し出した。

「でも、教授や講師の先生たちに事情を訊いたり、古我先生のスニーカーを持って行ったりしたってことは、やはり、この大学の関係者を疑っているんですよね」

「捜査の一環です。ところで、間波講師はいらっしゃいますか？」

学生達は一斉にキョロキョロと見回して、口々に「あれ？」などと言っている。

黒縁メガネの学生が言った。

「先程までそこにいらしたんですよ。戻って来た先生にオレが警察から電話があった事を知らせたのに…」

その時、窓際でパソコンを使っていた学生が、素っ頓狂な声を上げた。

「アレ？　あれ間波先生だよな。何処へ行くんだろう？」

薄汚れた大きな窓の外を見ると、白衣を着た男が足早に校舎の裏手を歩いていた。

弘一兄ちゃんの〈刑事の勘〉が働いた。

「井上、追いかけろ！」

叫びながら急いで窓を開けると、飛び下りた。井上くんも僕を弘一兄ちゃんに手渡すと、身軽に飛び降り、そのままの勢いで走り出した。微風が〈恐ろしい臭い〉を運んで来る。

「シバが言ってた臭いの主は間波だ！」

僕は井上くんにも聞こえるように叫んだ。

「井上、応援を呼べ！　お前は左手から回り込め。逃がすな！」

弘一兄ちゃんも彼の背中に向けて叫んだ。

間波が振り向き、慌てた様子で白衣を脱ぎ棄てると走り出した。逃げ足が速い。

でも、臭いを追ってさえ行けば見失う事は無い。大丈夫だ。僕には自信があった。

弘一兄ちゃんのスピードに合わせながら走り続けた。

間波は疲れてきたのか、徐々に差が縮まって来た。もう少しだ。その時、間波の姿が右側に並ぶ大きな倉庫の一つに消えて行った。

「逃がすもんか！」

飛び込んだ倉庫の足元には、太く長いロープが乱雑に投げ捨てられていた。弘一兄ちゃんが足を取られ、はずみで僕のリードから手が離れてしまった。

「行け！　プリンス、走れ！」

振り向こうとした僕を、弘一兄ちゃんの声が押した。

僕はスピードを上げた！

でも、その瞬間、足元が危うい事に気付き振り返った。

「危ない！」

目の前で弘一兄ちゃんの体が、薄いベニヤ板を突き破り床にあいた大きな穴に、まるでスローモーションのようにゆっくりと落ちて行った。

「弘一兄ちゃん！　大丈夫？」

三メートルほどの穴の底で、弘一兄ちゃんは意識を失っている。

（ヤベエッ！　助けを呼ばなきゃ。どうする？　そうだ！　近くに交番があった）

「弘一兄ちゃん、待ってて！」

両足を前に投げ出し、土がむき出しの壁に寄り掛かったまま動かない弘一兄ちゃんに一声叫び、僕は走り出した。

バス通りへ出ると、交番を目指し歩道をひた走った。リードを引きずりながら猛スピードで走るパピヨンを人々は驚きの眼で追っている。

さすがに息が上がり、心臓がドックンドックン音を立てて打っている。

もう少しだ！　弘一兄ちゃんを助けなきゃ！

見えた！　交番だ！

交番の引き戸に体当たりした。必死で戸を引っかいた。音に気付いたおまわりさんが、戸を開けてくれた。

転がり込むように中に飛び込んだ僕を見て、もう一人のおまわりさんも驚き、机の向こうで立ち上がった。

「なんだ？　なんだ？」

「迷い犬か？」

僕は精一杯顎を上げて、首輪を見せた。

（頼む、気付いてくれ！）

立ち上がった方のおまわりさんが言った。

「その首輪、プリンスじゃないのか？」

「えっ？」

近くに居た方のおまわりさんが、慌ててしゃがみ込むと首輪を見てくれた。

「特命捜査犬プリンスだ！　どうしました？　何があったんですか？」

僕は、こっち、こっちと付いて来てくれるように促した。

「付いて来いって事ですね。ハイッ、分かりました。行きましょう！」

彼は僕のリードを握りしめると走り出した。もう一人も遅れまいと交番を飛び出してきた。

二人のおまわりさんによって助け出された弘一兄ちゃんは、救急車で病院へ運ばれた。

幸い軽い脳震盪と捻挫ですんだ。

美人で優しくて、しかも仕事が出来るって感じのナースが捻挫の処置をしてくれた。弘一兄ちゃんは、大袈裟に何度も痛がって、その度、ナースと色々話していた。

先生には治療が済んだら帰宅して良いけど、今日は静かにして様子を見るようにって言われた。何故かというと、穴は実験に使った後で、底の方は一酸化炭素の濃度が高く、あのままの状態で居たら危険だったたって。

井上くんからの電話で、驚いたみよちゃんが病院に駆け付けて来た。

彼女は真っ直ぐに僕の処へ来て抱き上げてくれた。

「みよちゃん、ごめんなさい。僕が付いていたのに、弘一兄ちゃんに怪我をさせてしまって…」

「プリンスは大丈夫なの？　怪我してない？　痛いところはないの？」

「うん、僕は大丈夫」

「良かった。弘一はおっちょこちょいなのよ。困ったもんね」

そう言って、優しく頬ずりしてくれた。それはまるで僕と弘一兄ちゃん、二人に頬ずりしているように感じた。

井上くんの運転で家に送ってもらう途中、彼がこっそり僕に話し掛けて来た。

「プリンス、聞こえるか？」

「ああ、感度良好だよ」

「あのさ、警部補、さっきのナースに一目惚れしたんじゃないか？」

「うん、間違いない」

「だろ。ついに警部補も女に惚れたか…あのさ、今後なにか進展があったら、こっそり教えてくれよ」

「了解ッス！」

家に戻った弘一兄ちゃんは、もう大丈夫だから着替えて署に行くと駄々をこねだしたんだけど、みよちゃんにガッツリ怒られて、仕方なくベッドに横になった。

バカでかい兄ちゃんが小柄なみよちゃんに怒られて、ちょっとふて腐れたように「うん、うん」と頷いている様子は幾つになっても親子なんだなあといった感じでさ、見ていて面白かった。今度ソラに会ったら絶対教えてやろうと決めた。

僕が弘一兄ちゃんを助けようと走り回っている間に、間波は井上くんと応援に駆け付けたごっつぁん達の手によって逮捕されていた。

翌日の取調室では、最初ふてぶてしく「冤罪だ。不当逮捕だ。家に帰せ」と息巻いていた間波だったけれど、スニーカーに残っていた古我さん以外のＤＮＡが彼の物と一致した事と、黄川さん殺害現場に残されていた凶器のブロックから採取された繊維が、彼の部屋に有った手袋の物と一致したことで、ついに自供した。

動機はやはり古我さんが准教授に選ばれた事への逆恨みだった。

古我さんの日々の行動を入念に調べ上げ、防犯カメラの位置も確認し、自分は写らないように犯行の計画を練ったんだって。その熱心さを論文作成の時に使えってんだよ。

靴のサイズは二十六・五センチで、スニーカーだから何とか履けたけど、まだ靴擦れが治らず痛いので家から使いかけの薬を持って来てくださいって、当たり前の顔で言った。被害者たちは、たまたま其処に居合わせたというだけで「誰でもよかったんですよね。目的は古我に罪を被せる事ですから」って言いやがった…人として終わったな。

竹田検事が喜んで、わざわざ弘一兄ちゃんに電話をくれた。

上機嫌の本部長は、僕に三日間の休暇をくれた。久し振りにみよちゃんとずうっと一緒にいられたんだ。二人で相談して、一日目は、ママとお姉ちゃんに逢いに行った。ママは僕の特殊能力が犯罪に利用されることなく、警察の捜査に役立っている事を本当に喜んでくれているんだよね。ママの家にはお兄ちゃんも遊びに来てくれてさ、楽しかった。みんなでワイワイ騒いで、振り向くと笑顔のみよちゃんが居てくれて…幸せだなあって感じて心がくすぐったかった。

二日目は朝の内に北原動物病院へ行った。ほら、外回りは埃っぽいからね、夜ブラッシングの時につける目薬を貰いに行ったんだ。帰ろうとしていた時に、吐くのが止まらないって秋田犬の子供が来た。ぐったりした体をバスタオルで包まれて、飼い主に大切に抱っこされていた。

僕が「何か変な物を食べたの?」って訊いたら、その子は「シャッターのリモコンから落ちた薄くて丸い物を飲み込んだけど、もしかしたら食べ物じゃなかったかもしれない…」と答えた。

みよちゃんに、以前同じような症状の子を見たけど、その時の子はボタン電池の誤飲だったって先生に伝えてくれるように頼んだ。「そういう可能性も大いにあるんですよ。まず、レントゲンを撮るつもりです」

自身もその可能性を疑っていた院長は、みよちゃんの話で気持ちが確信へと大きく動いたらしく、すぐ準備に取り掛かった。受付の人も、診察の順番が変わる事を了解してくれるようにと待っている人達に伝えた。あの院長に任せておけば大丈夫だ。みよちゃんと僕は帰路についた。

みよちゃんの運転で、ウチに向かって走っていた時、絵里子さんから電話が来た。僕が休みを貰えることを知っていた彼女は、ソラも喜ぶだろうから是非遊びに来てと誘ってくれた。それで、急遽みよちゃんは絵里子さんの家へとハンドルをきった。僕が彼女の家に入って行くと、大喜びのソラは何度も何度も大きなジャンプを繰り返し「ソラ、外じゃないんだから止めなさい」って絵里子さんに怒られた。久し振りに会ったソラとは積もる話に花が咲いたよ。楽しかったあ！

そして彼には、これからもずっと道内の犬達と僕の連絡係をしてくれるように頼んだ。親友同士で同じ仕事に携われるって、なんかイイよね。

三日目もソラと待ち合わせて、ゆっくりと散歩をした後、僕は気乗りがしなかったけれど、みよちゃんの命令でシャンプーもした。

心身ともにリフレッシュ出来た休暇を過ごせて、翌日から気持ちも新たに、また捜査に打ち込むことが出来たよ。


瞬く間に月日は流れ、十二月二十四日、今年初めての雪が降って、辺り一面真っ白で眩しいくらいに輝いてさ、夢の世界みたいに綺麗だった。

そして、クリスマスの朝には、やたらとキラキラ飾り付けたツリーの下にあるプレゼントを見て「サンタクロースが置いて行ったのよ」と、みよちゃんは言った。

彼女には大好きな歌手のＣＤ、弘一兄ちゃんにはスーツの下に着る毛糸のベスト、で、僕にはキリンの縫いぐるみ…前から戦いごっこをする相手に欲しいなって思っていた物なんだ。ベストと縫いぐるみには、みよちゃんの匂いが浸み込んでいた。去年は半信半疑だったけれど、今年の僕はもう子供じゃないからね…。

クリスマスの後はお正月、僕のお給料からみよちゃんにお年玉をあげたら「プリンスがくれた」「プリンスは優しい」って、これ見よがしに弘一兄ちゃんの顔の前でお年玉袋を振ってさ、押し切られた兄ちゃんからもお年玉をゲットしていた。お年玉袋を両手に持って嬉しそうに踊るみよちゃんを見て、兄ちゃんと僕は初笑いさ。

それからバレンタインデーがあって…そうそう、弘一兄ちゃんは例のナース、望月利那ちゃんからハート形のチョコレートを貰って、アホみたいにニヤケていた。

そして桜の季節になった。今年も桜の美しさには思わず見とれてしまった。咲いている桜の華麗さには圧倒されたし、散る桜の見事さには心が震えたね。

季節は移り変わっても、次から次と事件は起き続けた。他の刑事達が、手こずっている難しい事件が僕達に回って来る事も多いんだけど、今のところ解決率百%だよ。みんなは「さすがにプリンスは凄い！」とか言ってくれて、最初は僕もその気になっていたけれど、今は、はっきりと分かる…長藤警部補と井上くんが居てくれて、その上、北海道中の仲間達が協力してくれるお陰なんだって事がね。僕は恵まれているんだよ。

そして、ウチに帰ればみよちゃんが待っていて、抱っこしてくれてさ「プリンスは頑張り屋さんねえ、可愛いプリンス。ヨシ、ヨシ…」って、なでなでしてくれるんだ。羨ましいだろう…最高に幸せな時だよ！

全ては、あのペットショップで、みよちゃんが僕を見つけてくれたのが始まりだよね。

みよちゃん、心からありがとう！

そして、これからもよろしく。

あとがき

さて、私が小説を書き始めたキッカケですが…不思議な体験をしたのです。

私は以前より還暦にとても強い思い入れがありました。六十年間生きてさえいれば、産まれた時と全く同じ干支に戻り、社会的な立場に関係なく誰でも六十年分の大きな円が完成するのです。ロマンだと思いませんか？

自分自身の還暦が近付いて来た時に自分の楽しみの為に何か始めようと思い付き、例えば、ミニチュアで昭和の街並みを作ろうかなとか、音痴だけど、頑張ってチェロを習い始めようか…など考えていました。

ある日、昼間のことです。目の前に、テレビドラマのワンシーンの様な情景が浮かんで来ました。しかも、カラーです。

初めての経験で、どう受け止めれば良いのかも分かりませんでした。でも、何日経っても同じシーンが録画された物みたいに浮かんでくるのです。同じ登場人物が同じ動きをして、同じ会話をしているのです。仕方がなく書き写してみました。そして、どうしてこんなシーンになったんだろう？と思った瞬間、様々なシーンがバアッと浮かんで来たのです。今でも不思議なんですけど、これが私が小説を書くようになったキッカケです。

特別に文章を書く勉強をしたこともなく、自分でも稚拙な文章なのだろうと思います。

でも、還暦から始めた事としては目標達成です。それに、自分では書いていても、読み返してみても面白いんです。この面白さが、少しでも読者の皆様にも感じて頂けましたら、最高にハッピーです。

最後になりますが、本書は株式会社アイワードの佐藤せつ子様と株式会社共同文化社の長江ひろみ様、お二人のお力添えがあって出版されるに至りました。感謝です。心よりお礼を申し上げます。

二〇一八年五月

如月　陽子

著者略歴

如月　陽子（きさらぎ ようこ）

1952年　札幌市生まれ

2016年　さっぽろ市民文芸児童文学部門佳作

「ずうっと一緒」

汗かきユウレイの権左衛門さん

二〇一八年六月二十五日　初版第一刷発行

著　者　如月　陽子

発行所　共同文化社

〒〇六〇-〇〇三三

札幌市中央区北三条東五丁目五番地

電話〇一一―二五一―八〇七八

http://kyodo-bunkasha.net/

印　刷　株式会社アイワード

ISBN978-4-87739-315-1　C0093